言語と民話（私の読書）
Language and folktale（from my reading）

下宮忠雄
SHIMOMIYA Tadao

Anything for a quiet life. 静かな生活にまさるものはない。
挿絵はJens A.S.Bilgrav, 20,000 proverbs（Copenhagen, 1985）

文芸社

はしがき （prologue, Vorwort, avant-propos）

　『言語と民話（私の読書）』（Language and folktale from my reading）は言語と民話を集めたものです。見出しは、長い間の習慣で、英語（かフランス語）です。［補足］とあるのは、マルーゾー（Marouzeau）の言語学辞典を補足したものです。言語関係のものは『私の読書（言語学メモ帳）』（2019）の言語学の部分を半減し、読書の間に遭遇した小話（tale）、民話（folktale）、フィンランドの「クリスマスの贈り物」、ハーンの「青柳物語」「お貞の話」、「ヨシキリ物語」、イプセン「人形の家」、読書の間に聞こえたブルー・ライト・ヨコハマ、女のブルースなどを入れました。ゲルマニアとロマニア（Germania and Romania）は、多年のテーマでもあるので、主要部分を再録しました。ところでブタニクというのに、なぜウシニクと言わないのでしょうね（p.105）。

　巻末の「私の書棚より40冊」もご覧ください。私の血となり肉になってきたもので、いまもそうあり続けています。

2021年3月7日　埼玉県・所沢市のプチ研究室　　下宮忠雄

aurea mediocritas（Horatius, ローマの詩人）
　黄金の中庸（goldene Mitte, 仕事も生活も中ぐらいが一番よい）

abnormal（アブノーマル）ノーマルでない、普通でない。交差点をスマホを見ながら歩いている人、一日中することがなくて、ボンヤリしている老人、メダカの学校で水浴びしているオトナ。カタカナ語のノルマ（norma）はロシア語で「規範、仕事の割り当て」の意味で、1947-1950年ごろ、シベリア抑留者が帰国して、日本に持ち帰った。

à coupe-forte［Marouzeau補足］Jespersenのfester Anschluss「固いつなぎ」に当たる。英語の音節構造はfa-therと切り、moth-erと切る。fa-を「ゆるいつなぎ」loser Anschluss（à coupe-faible）と呼び、moth-を「固いつなぎ」fester Anschluss（à coup-forte）と呼ぶ。fa-therのように、ゆるいつなぎの場合は音節が母音で切れ、moth-erのように固いつなぎの場合は子音を前の音節に食い込ませる。英語はtyp-i-calと切るが、ドイツ語ty-pisch, フランス語ty-piqueでは、yの「つなぎ」がゆるいのでpが次の音節にくる。

accusative with infinitive［Marouzeau補足］不定詞とともに用いる対格。不定詞の主語は対格に置かれる。I want you to come; He told me to come. ラ dīxit sē velle 'he said he wished, 直訳he said himself to wish'；Thalēs dīxit aquam esse initium rērum タレースは水が万物の起源だと言った。

act of language［補足］言語の行為。operative time 操作時間。G. Guillaume, by J.Hewson（2008）英語sayを例にあげると、(1) unsayable, (2) sayable, (3) saying, (4) said

adstrat 側層［Marouzeau補足］substrat 下層, superstrat 上層を見よ。

adverbes pronominaux［Marouzeau補足］代名詞的副詞

<table>
<tr><td></td><td>hic（Rōmae）</td><td></td><td></td><td></td><td>here（loc.）</td><td></td></tr>
<tr><td></td><td>↙</td><td>↘</td><td></td><td>↙</td><td></td><td>↘</td></tr>
<tr><td>hinc（dē Rōmā）</td><td></td><td>hūc（ad Rōmam）</td><td>hence（abl.）</td><td></td><td>hither（acc.）</td><td></td></tr>
</table>

agglutination［Marouzeau補足］膠着性。言語の特徴の一つ。日本語は「わたくし・たち・の」で膠着性が明白だが、英語ourは形態素1個、音素1個で分析できない。スペイン語la-s casa-s blanca-s（白い家々；これはPottierの

例）は分析的表現だが、イタリア語le case biancheは、ラテン語と同様、屈折性（inflection）を示している。ラテン語vēneritと、同じ意味の英語he will have comeをくらべると、英語は分析的（analytic）で、膠着的な構造を示している（未来と完了性が別々に表現される）。

alliteration［＜ラテン語ad-litera文字にあわせて］頭韻。head-rhymeともいう。日本語「カネよりコネ」は頭韻（k）と脚韻（end-rhyme, ネ）を踏み、アクセントも一致する。作品名に見られる。Love's Labour's Lost（Shak. 恋の骨折り損）、Pickwick Papers（Dickensの小説）、Wild Wales（G.Borrowの旅行記）、Long Live London（ロンドンばんざい；prize motto）、Ten Tokyo Top Temptations（東京で一番の魅力を10個）、Jack and Jill（男の子と女の子）、teapot, typewriter and telephone in every room（ロンドンのホテル、お茶もタイプライターも電話も完備しています；1920年ごろの広告）。

alphabet［Marouzeau補足］フランスの言語学者テニエールLucien Tesnière（1893-1954）の『簡易ロシア語文法』Petite grammaire russe（Paris, Didier, 1934）は、あらゆる点で画期的である。アルファベットの順序にordre alphabétique（a, b, c…）とordre systématique（voyelles, consonnes）の区別をしている。言語を構造的に解明している。言語現象をタテとヨコから見る。a, b, c…はヨコの順序、母音・子音などはタテの順序である。私の『アンデルセン余話10題ほか43編』（2015）に例示し、解説した。

anacoluthe［Marouzeau補足］破格構文。実例を示す。2018年9月17日のこと、ヘルシンキ行きの飛行機の中で私の隣に座っていたロシア人が、あ、そうそう、日本で富士山に登って、これからペテルブルクに帰る途中でしたが、私にウイスキーを飲みなよ、と言うんですよ。（会話は私がロシア語で筆記した）［主語と動詞が離れている；ギan-akóloutos 'not-following'］

analyse（Pottier）analyse phonétique.「私は出かけるでしょう」のフランス語je partiraiを音声分析するとžpar-ti-rè（3音節）となる。形態素分析（analyse morphologique）するとž-part-ir-è（4形態素）となる。

Andersen Park（アンデルセン公園）

　アンデルセンの故郷、デンマークのオーデンセOdenseにはアンデルセン公園があって、そこには童話に登場する植物146種類が植えられている。

　東海大学デンマーク語科、草水久美子さんの卒論『H.C.Andersenにおける草花』1980によると、頻度の高い30種は次の通りである（括弧は頻度数）。バラ（55）、アシ（19）、チューリップ（16）、モミ（16）、スイレン（15）、ブナ（14）、イラクサ、カシワ、シュロ、スミレ（以上13）、クルマバ草、ボダイ樹（以上11）、シラカバ、ニワトコ、ヤナギ（以上10）、ヒナギク（9）、イバラ、ユリ（以上8）、野バラ、ホップ（以上7）、アオウキグサ、クローバー（以上6）、アネモネ、アザミ、アカシア、カーネーション、シダ、スカンポ、タンポポ、ハッカ草（以上5）。

　バラは花の女王で、アンデルセンが最も愛した花だった。「私は特にバラの花が好きで、キッスするのが好きだった。いまでも赤いバラを見ると、ふしぎに胸がときめいてくる」と自伝に書いている。（下宮「グリムとアンデルセン」『グリム童話研究』日本児童文学会編、大日本図書、1989, p.60-84）

　千葉県船橋市にアンデルセン公園がある（1996年、姉妹都市）。

antithèse（対照法）善と悪、生と死、神と悪魔。ゴミを捨てる人あり、拾う人あり。ars longa, vita brevis（人生は短く、芸術は長い）

Aoyagi（青柳物語）The Story of Aoyagi（Green Willow）ハーンの『怪談』Kwaidan（1904）より。ラフカディオ・ハーン（1850-1904）はギリシアのレフカダ島（Lefcada, ラフカディオはこの島の名より）に生まれ、アメリカで新聞記者をしたのち、1890年、通信員として日本に来て、島根県松江中学校で英語、熊本高校で英語、東京帝国大学で英文学を教えた。『怪談』には「耳無し芳一の話」「雪女」「オシドリ」p.106「お貞の話」p.144などがある。

　文明の時代（1469-1486）に、能登（石川県）に友忠という若侍がいた。友忠は文武にすぐれ、殿様から寵愛を受けていた。彼が20歳のころ、殿様の用事で、馬に乗り、京都に向かった。旅の二日目、吹雪のために、予定の場所

に着く前に日が暮れてしまった。

　さいわい、山頂の近くに藁葺（わらぶき）小屋を見つけた。戸を叩くと老婆が出て来た。事情を話すと、中に招じ入れられた。中には老人と若い娘がいた。娘は食事とお酒を客に出した。彼はいままでに、このような美しい娘を見たことがなかった。老人はおそらく身分の高い方であろう。事情があって、山奥に住んでいるにちがいない。青年は娘とその両親に結婚を申し込んだ。青年が和歌で娘に求婚すると、彼女も和歌で承諾を答えた。

　当時、結婚には上司の許可が必要だった。さいわい、その許しを得て、二人は5年間、京都で、しあわせに暮らした。ある朝、青柳が突然悲鳴をあげて倒れた。彼女は夫に言った。「お別れの時が来ました。私は人間ではなく、柳の樹の精なのです。たったいま、郷里で私の樹が切り倒されました。父と母も一緒です」と言ったかと思うと、彼女の身体は崩れ落ちて、消えてしまった。悲しんだ夫は僧となり、全国に行脚した。彼女に最初に出会った山に行くと、三本の柳の樹が切り倒されていた。二本の老木と一本の若木が。

aphérèse（語頭音消失）I am＞I'm；古典ギリシア語 hēmérā ＞現代ギリシア語 méra「日」; 現代ギリシア語 to álogo「言葉を持たぬ者」の意味から「馬」＞ t'álogo 'the horse'；「何言ってやんでぃ」＞「てやんでぃ」

apocope［Marouzeau補足］語末音 or 単語省略。「おはようございます」の語尾が -zans となる。フ photographie ＞ photo, vélocipède ＞ vélo 自転車。

arabismo［補足］アラビア語法。スペイン語 ojo de agua「水の泉」の ojo は「目」だが、「泉」の意味に用いている。cf. トルコ語 göz 'ojo, fuente'. Eugenio Coseriu, Estudios de lingüística románica. Madrid 1977.

arménien［Marouzeau補足］アルメニア語。Meillet, Finck, Dirr, Rüdiger Schmitt の著書あり。アルメニア研究の雑誌 Handes（Zeitschrift）Amsorya（des Monats）= Zeitschrift für armenische Philologie.

Athens（アテネ）英語綴りは、なぜ -s がつくのか。ギリシア語 Athênai, ラテン語 Athēnae、フランス語も Athènes で複数形。ドイツ語綴りは Athen で

単数。語源はギリシアの女神アテーナー Athēnā（知恵・芸術・戦術の女神）。Thêbai（テーバイ）も複数形だが、複数の地区からなっているからだそうだ。1991年、アテネを初めて訪れたとき、やたらに trápeza という看板が目についた。辞書をひくと bank とある。trápeza の語源は tetra-pedia（4本足、つまりテーブル）である。イタリア語 banca rotta（壊れたテーブル、銀行の勘定台）から bankruptcy「破産」という語ができた。債権者がやってきて勘定台をたたき壊したからだ。銀行の破産である。

augmentatif［Marouzeau補足］増大辞。diminutif の逆。million ＜ mille ラテン語「千」；balloon ＜ ball；salon, saloon ＜イタリア語 sala 'hall'

bahuvrīhi サンスクリット語で 'viel-Reis-habend' の意味。英 redcap 赤帽（赤い帽子をかぶった人）；Rotkäppchen 赤ずきん；サンスクリット語 mahāt-mā（＜ mahā ātmā）'eine grosse Seele habend' 偉大な魂をもった。

beauty is fleeting（美はなぜ短命なのか；ゲーテ名句）Warum ist die Schönheit vergänglich?「なぜ私は短命なのでしょうか、ゼウスよ」と美がたずねた。すると神が答えた。「確かに私はそうした。うつろいやすいものだけを美しくしたのだ。」すると、愛も、花も、露も、青春も、その言葉を聞いて、泣きながら、ユピテルの王座から立ち去ったのだった。"Warum bin ich vergänglich, o Zeus?" so fragte die Schönheit. "Macht' ich doch", sagte der Gott, "nur das Vergängliche schön." Und die Liebe, die Blumen, der Tau und die Jugend vernahmen's, alle gingen sie weg weinend von Jupiters Thron.（Goethe, Gedichte）フランス語（学習院大学 Thierry Maré 訳）"Pourquoi suis-je passagère, o Zeus? demanda la beauté. "C'est qu'en effet j'ai voulu que seules fussent belles les choses passagères," répondit Zeus. Alors l'amour, les fleurs, la rosée, la jeunesse entendant ces mots s'écartèrent en pleurant du trône de Jupiter.（ゼウスはギリシア語の呼称、ローマではユピテル）**上記の論評**：いつまでも変わらず、枯れることのない造花よりも生花のほうが、またプラスチックの皿よりは、割れやすいが陶器

のほうが美しく尊い。いつかは、はかなく散ってしまう運命にあるからこそ、そこに「ある」という、その瞬間、瞬間が美しいのだ。その意味で、人間もいつかは死を迎えるからこそ、ひたむきに生きている「今」が、命の長短にかかわらず、美しいと感じるのだ。(津田塾大学英文科2年生・加藤綾子;1995年、当時私は、津田塾大学で言語学概論を担当していた)

Blue Light Yokohama(ブルー・ライト・ヨコハマ, 1968)橋本淳作詞、筒美京平作曲。橋本と筒美は青山学院の同期生。明日、歌手のいしだあゆみが録音に来るというのに、歌詞がまだ出来ていなかった。橋本が横浜の港を夕暮れにひとり歩いていると、明かりを見て、ブルーライトの第1節だけが出来た。公衆電話がなかったので、ホテルの電話を借りて、筒美に第1報を送った。あとは、すらすらと詩ができた。こうして、一夜にして名曲ブルー・ライト・ヨコハマが誕生した。100万枚のヒットになった。いしだあゆみは20歳、女優、そして歌手の誕生だった。

Bonfante, Giuliano ジュリアーノ・ボンファンテ (1904-2005)。イタリアの言語学者。Princeton大学ロマンス語教授の時代に Collier's Encyclopedia (New York, 1956, 20 vols.) の linguistics editor として288項目を執筆。ボンファンテは「よい泉」の意味。印欧言語学、ロマンス諸語、ギリシア語、ラテン語、スラヴ諸語、インド諸語に詳しく、この百科事典の中でアイヌ語まで執筆している。大項目 Language も読み応えのある内容で、Languages of the World の項にある Feist-Meillet-Karsten thesis など初めて知った。ゲルマン諸語の起源について、Feist, Meillet, Karsten は次のように語る。The Proto-Germanic people was non-Indo-European and spoke a non-Indo-European language which was later "Indo-Europeanized" by close contact with Indo-European peoples. 私は1982年、東京で第13回国際言語学者会議が開催されたとき、historical linguistics の部会で共同司会をしたときに初めてお目にかかった。101歳という長寿で亡くなったが、最後の論文 La posizione recíproca delle lingue indoeuropee (IF, 106, Berlin 2001) は執筆時97歳であった。私が彼か

ら学んだ量と質は、はかり知れない。

Buck, Carl Darling バック（1866-1955, シカゴ大学サンスクリット語および印欧言語学教授）の『主要印欧諸語における同義語辞典、概念の歴史』（A Dictionary of Selected Synonyms in the Principal Indo-European Languages, with the cooperation of colleagues and assistants. The University of Chicago Press, Chicago & London, 1949, third impression, 1971, xvii, 1515 頁）は1949年に出版されたとき、40米ドル（16,000円）だった。この金額は当時の日本人の年収に相当した。**食うや食わずの時代に**、日本人の誰が買えたか。だが、この本は売れに売れた。その後、値段はほとんど変わらず、第3版1971, 1978は三省堂で13,500円（45米ドル）であった。これは当時、大学の非常勤1コマ1か月の給料（2万円）で買える金額だった。この非常勤は実働ではなく、夏休み・冬休みも有給の金額だった。

　古代アテナイにはコーヒーも砂糖もなかった。アレクサンダー大王はミツバチのないhoney（甘味料）がインドにあると書いている。Buckによるとsákhariが知られるのは西暦1世紀である。これがサッカリンの語源になった。これに反して、「塩」は印欧祖語の時代から伝わっている。

　砂糖がヨーロッパに伝わったのはアラビア語を通してで、スペイン語のaçúcar（アスカル）とポルトガル語açúcar（アスカル）にはアラビア語の定冠詞a-（＜al-）の痕跡が見える。イタリア語zùcchero（ツッケロ）, フランス語sucre（シュークル）, 英語sugar, ドイツ語Zucker（ツッカー）, ロシア語sáxar（サーハル）など、語頭音に［ts］と［s］の相違がある。本書p.182

Bulgarian folktale（ブルガリア民話）結婚の条件。東欧の小さな国の話です。ある日、王様がお妃とお姫さまと一緒に船の旅をしていました。すると、突然、嵐が起こり、隣の国に流されてしまいました。ところが、そこは敵の国だったのです。もし見つかれば、三人とも死刑です。そこで王様は羊飼いに姿を変えて、山で暮らしました。お姫さまは、貧しくても、美しい娘に成長しました。この国の王子は、羊飼いの娘をひとめ見て、すっかり気に入りました。しかし王子の父は身分が違うと言って、結婚に反対しました。

息子がどうしても、と言うので、父王は羊飼いのところへ出向いて、息子の希望を伝えました。「王子さまは何か手仕事ができますか。もしできるようになったら、娘を差し上げましょう」と答えました。父王は変わった条件だと思いましたが、とにかく息子に伝えました。王子は籠（かご、バスケット）の編み方を習いました。そして自分で編んだ籠を羊飼いのところへ持って行きました。羊飼いは感心して「これだけ作れれば、いざというときには食べて行けるでしょう」と言って、結婚を許しました。その後、羊飼いは身分を明かし、晴れて帰国することができました。

（下宮『世界の言語と国のハンドブック』大学書林、2001³）

calque（イタリア語calco「鋳型」）loan translation（翻訳借用）の意味である。日本語の「鉄道」はドイツ語Eisenbahn, フランス語chemin de fer, ロシア語železnaja doroga, 現代ギリシア語sidiródromosと同じく「鉄の道」の意味である。19世紀、鉄道が発達して、旅行、貨物運搬が便利になった。英国は鉄道発祥の国だが、鉄ではなく「レール」を用いてrailway, railroadという。最近「鉄路」という日本語も見かける。翻訳借用の有名な例はラテン語companio（パンを一緒に食べる者、仲間）のゴート語訳ga-hlaibaである。ga- = ラテン語com-で、hlaiba「パン」は英語loafと同じ語源である。ge-の例：ドイツ語Gefährteは「旅をともにする者」（fahren 旅する）

cas, système des［Marouzeau補足］格の体系。方向性の観点から。

nom.		Rōma aeterna est.	（ゼロ）ローマは永遠（主格）
↙	↘	Rōmā veniō.	（−）私はローマから来る（奪格）
abl.	acc.	Rōmam eō.	（＋）私はローマへ行く（対格）

cataphorique 後方照応的。She lost mother, the poor little girl.（母が亡くなったんだ、あのかわいそうな娘）。あれどうした、例のお金。

Cherry Orchard, The（桜の園, 1903, višněvyj sad < višnja 桜）チェーホフ（1860-1904）の戯曲。ラネーフスカヤ夫人は、誇りにしていた領地「桜の園」を競売に出さねばならなくなった。農奴解放以来、地主階級が

没落しはじめ、彼女の家もその例外ではなかった。買い手は、以前この屋敷で働いていた小作人の息子で、商人のロパーヒンである。桜の木を切り倒して、土地を分割し、別荘地にする計画なのだ。娘のアーニャは「ママ、行きましょう、そして、もっと美しい園を作りましょう」と言って、二人は去って行った。

　『桜の園』は英国でシェークスピア以後の最高の戯曲と評された。

　チェーホフの本業は医者だった。「医学は私の正妻で、文学は恋人です。片方にうんざりすれば、別のほうへ行って泊まります」（Medicine is my lawful wife, while literature is my mistress. When I get fed up with the one, I stay the night with the other. Letter to A.S.Suvorin）と書いた（1888）。

children's glasses（子供のメガネ）。父と子の会話。子供「お父さん、ぼくにメガネを買ってよ。ぼくも、お父さんみたいに、読みたいんだよ。」父「いいよ、だが、子供用のメガネだよ」と言って、父は息子にABC読本を買ってあげました。出典：Václav Hrubý（フルビー, 1856-1917）『スラヴ諸語比較文法』Vergleichende Grammatik der slavischen Sprachen（Wien & Leipzig, 1905）より。題はロシア語でDétskie očkí（ジェーツキエ・アチキー）。

chrono-expérience（chrono-logique）時間体験。Pottier（1991）。意味論の一分野。言語を過去・現在・未来に分ける。フランス語の例：avant前 − pendant間 − après後；prendre取る − avoir持つ − rendre返す；aimé愛した − aimant愛しながら − aimer愛する。英語の例「過去」I left Narita this morning.→「現在」I am in Helsinki now.→「未来」I'll leave for Amsterdam tomorrow to see the Märchenwald at Tilburg.（ティルブルクの童話の森、アンデルセンやグリムの展示）；出会い→結婚→離婚（津田塾大生 1991）。

chute（disappearance, Schwund）消失。ポルトガル語の例：定冠詞lo, la＞o, a；luna月＞lua；salutem挨拶＞saude；ama lo padre彼は父を愛す＞ama o padre. 日本語musuko息子＞musko；anataあなた＞antaあんた。

collision（Zusammenfall）衝突。ラテン語amabit（彼は愛するだろう）とamavit（彼は愛した）が俗ラテン語においてbとvが同音になったため、フラ

ンス語では il aimera（＜amare habet），il a aimé（＜amatus habet）のように表現を工夫した。Marouzeau の例：ラ statum 'been' ＞フ été（j'ai été 'I have been'；ラ aestatem 'summer' ＞フ été（en été 夏に）

Collinder, Björn（ビョルン・コリンデル）『ウラル諸語概説』（1957）

　コリンデル（1894-1983）はスウェーデン名門ウプサラ（Uppsala）大学のフィン・ウゴル語教授であった。主著『ウラル諸語ハンドブック』A Handbook of Uralic Languages（Stockholm, 1955-1960）は3部からなり、第1部（1955）が「フィン・ウゴル語彙」Fenno-Ugric Vocabulary, 第2部（1957）が本書 Survey of the Uralic Languages（xxii, 536pp.），第3部（1957）が「ウラル諸語比較文法」Comparative Grammar of the Uralic Languages となっている。著者はウラル諸語の中ではフィンランド語が最も得意で、スウェーデン人のためのフィンランド語入門があり、カレワラのスウェーデン語訳、ベーオウルフのスウェーデン語訳もある。以下は『ウラル諸語概説』の中の「フィンランド語」（p.1-131）のテキスト「**クリスマスの贈り物**」である。

　湖のほとりに大きな村と、湖の向こう側に小さな農場があった。湖は氷で覆われ、雪がふぶいていた。冬だったし、クリスマスの季節だったから。

　裕福な農家の主婦がスズメたちにオオムギの束を出しておこうとした（エサになるから）。農夫が言った。「パンを焼いたり、ブタ肉を焼いたりしなければならないのに、スズメのことなんか、どうだっていいじゃないか。」

　だが、農場では、スズメのために、クリスマス用のオオムギの束が、すでに、用意されていた。農場の子供たちはツバメが屋根の棟（むね）の上で、チュンチュン陽気にさえずっているのを聞いていた。

　「オオムギの束を脱穀し終わったから、クリスマスのために、子供たちにパンを焼くことが出来るわ」と主婦が言った。

　「慈悲深い人は裕福だって言うね」と敬虔な農夫は言った。「今年は十分にたくわえたし、子供たちは村へ行って、焼きたてのパン4斤（きん）（loaves, loaf は食パンひとかたまり）とミルクのジョッキを1つ買うことができるよ。」

「氷の上にオオカミがいなければよいのですけどね」と妻が言った。「ダニエルに頑丈な棒を持たせよう。きっと身を守ることができるだろう」と夫が言った。子供たちは村に向けて出発した。クリスマスの晩は暮れるのが早い。買い物を終えて、村に帰るとき、雪はますます激しくなり、家は、まだ遠かった。すると、暗闇の中に、何か黒いものが動いた。

「恐れることはない。棒を持っている」とダニエルは妹のアンニ Anni に言った。しかしオオカミは子供たちに害を加えることはせず、「子供のオオカミのために、少し食べ物を分けてください」と丁寧な口調で言った。

アンニはオオカミにパン2斤を与えた。「わたしたちは固いパンを食べればいいわ。でもお父さんとお母さんはクリスマスパンがほしいでしょうね」とアンニは言った。オオカミは感謝して、去った。

しばらくすると、今度はクマがやって来た。クマは子供たちのために食事を分けてください、と丁寧に頼んだ。ダニエルはミルクを半分シラカバの樹皮の容器に入れてやった。クマは感謝して、立ち去った。

家に帰ると、子供たちは、途中の出来事を両親に語った。オオカミにパンを与え、クマにミルクを与えたことを。父と母は驚いてお互いを見た。森の動物たちに対する子供たちの慈悲は、どうだ（感心じゃないか）。

晩に親子は全員で聖書を読んだ。それからみなが食事を祝福し、食べ始めた。すると、ふしぎなことに、パンは、いくら食べても減らず、ミルクは、いくら飲んでも減らなかった。ちょうどそのとき、窓をひっかく音が聞こえた。オオカミとクマが前足で立っていて、ありがとうと言っていた。

老夫婦と子供たちは、食事を少しばかり分けてあげたことに対して神さまからの祝福を知った。農夫の小屋が存続し、老夫婦と子供たちが生きているかぎり、クリスマスのパンとミルクをいただくことができた。

しかし、その小屋がなくなると、オオカミとクマがやってきて、馬や牛を食い荒らしてしまった。貧困がやってきたのだ。

新しい農場の主婦が、先代はどうして、いつもパンを十分に得ていたかを

隣の家に尋ねた。「あの人たちは最後のパンを貧しい人たちに分けてあげた。だから神さまはその10倍もお返しをしたのよ。」

　すると新しい農夫が言った。「それじゃあ、ぼくらの最後のパンを乞食たちに投げてやって、追いはらえば、いいじゃないか。」すると主婦が言った。「親切な心から、さしあげるのでなければ、だめよ。神さまから、お返しを期待しては、ダメよ。」

　すると農夫が言った。「よいことを言ってくれたね。小屋にまだ脱穀していないオオムギの束があるから、あれをスズメたちにクリスマス用に分けてあげよう。私たちの新しい生活が始まりますように。」

　［グリムのドイツ伝説Deutsche Sagen（No.7）に、いくら飲んでもなくならないビールの話がある］

contact phonology［Marouzeau補足］接触音韻論。バイリンガリズム、借用語などによる。steam, teamはスチーム、チームとして借用されたが、近年はteaティー、teacupティーカップなど、［ティ］が定着している。

corona virus（コロナウィルス）2019年12月中国・武漢市Wuhanで発症した感染症。中国からヨーロッパ諸国、アジア、アメリカなど、全世界に伝播、2020年6月末現在、感染者は世界で1,000万（日本1.8万）、死者50万（日本900）。6月25日、朝、テレビNHKに出た「濃密飲食、家計崩壊」は世相をよく表している。夫はテレワーク、子供たちは学校に行けない。Fámily drínking and éating/ bríngs down hóuse ecónomy.

coup de glotte声門閉鎖。glottal stop, ドKehlkopfverschluss. フランス語Ⅱ a été à Auteuil［ʔil ʔa ʔete ʔa ʔotœːj］彼はオトゥイユに行って来た（Passy, p.70；本書p.174）。ドイツ語ʔauf ʔeiner ʔalten ʔEiche「古い樫の木の上で」。デンマーク語では［ʔ］の有無で意味が異なる。man［man］人は、mand［manʔ］男、夫；hun［hun］彼女は、hund［hunʔ］イヌ。

Cripple, The（かたわ者）アンデルセン童話（1872）。あるお屋敷に働いている夫婦がいました。オーレとキアステンという名前です。二人は庭の草を

とり、庭の管理をしていました。クリスマスのときは、いつも主人夫妻に招かれて、プレゼントをもらいました。子供が五人いましたが、一番上の子ハンスは、小さいときは元気で活発だったのですが、ある日、突然、足なえ（paralyzed in legs）になり、立つことも歩くこともできなくなってしまいました。しかし、ハンスは利発で、本を読むことが好きでした。手が器用で、毛糸の靴下を編むことができました。

　ハンスはお屋敷から『木こりとその妻』という本をいただきました。そこにはアダムとイブの話とか、王さまの病気を治すシャツの話とか、漁師とその妻、という有名なお話がのっていました。

　ある日、ハンスはお屋敷の奥さまからパンと果物とジュース、それから鳥かごに入った小鳥をいただきました。この小鳥は、昼間、両親も兄弟もいないとき、唯一のお友だちでしたので、とても大事にしていました。ある日、誰も家にいないときに、ネコが小鳥に飛びかかろうとしました。たいへんだ！　ハンスは全力を振りしぼって、ネコを追い払おうとしたのです。いざ、というときに、人間は予想外の勇気が出るものです。コラッと飛びかかったときハンスは立ち上がることができたのです。どんなに嬉しかったことでしょう。両親も、兄弟たちも、お屋敷の主人夫妻も、ときどき昼間にお見舞いに来てくれた校長先生も、どんなに喜んでくれたでしょう。一週間後、ハンスは旅に出ることになりました。海を渡って、ラテン語学校（ギムナジウム）で学ぶためです。この最後の場面は、17歳でラテン語学校に通うことになったアンデルセン自身と、よく似ています。

Daniel of the oubliette（地下牢のダニエル）oublietteはフランス語で小さな忘れ物の意味だが、地下牢の意味にも使われる。それは秘密の地下牢で、天井に明かりと空気の入る穴が開いているだけだ。これは13世紀（?）の作品で、The Portable Russian Reader（The Portable Viking Library, New York, 1947, 本書p.124）に収められている。ダニエルは罪なくして、地下牢に閉じ込められた。自分の窮状を書いて白湖（White Lake, オネガ湖付近）に投げ入れ

た。魚がそれを呑み込み、漁師がその魚を釣り上げ、王の前に差し出された。調べてみよ、の王の命令で、事件が明るみに出て、ダニエルは解放された。[Daniel は Gabriel, Israel, Michael, Raphael と同じ語尾をもっているが、-el はヘブライ語で「神」の意味である]

déictique [Marouzeau 補足] 指示詞。J.Kuryłowicz（1895-1978）クルィウォーヴィチの図式（1964, p.148, 149）を用いる。パリの Meillet に学び、Kraków（クラクフ）大学教授で、印欧言語学とセム語の専門だった。

neutral-negative-positive（頂上は 3 人称、↙は 2 人称、↘は 1 人称）

```
    he        ille      アルメニア語 tun-n（illa domus）'the house'
  ↙  ↘      ↙   ↘              ↙                    ↘
thou  I  iste   hic     tun-d（ista domus）tun-s（haec domus）
```

イェルムスレウ（L.Hjelmslev, Copenhagen, 1936）の図式：

```
            ille liber（neutral）'the book'
          ↙                    ↘
   iste liber（negative）    hic liber（positive）
```

diminutif [Marouzeau 補足] 指小辞。book → booklet, フ poche → pochette.「小さな家」を maisonette と言えば形態論の問題（morphologique）だが、petite maison と言えば統辞論の問題（syntaxique）になる。

A Doll's House（人形の家）ノルウェーの作家ヘンリク・イプセン Henrik Ibsen（1828-1906）の戯曲（1879）。主人公ノラは、父親からは人形っ子として育てられ、銀行員トルヴァル（Torvald）と結婚してからは、「人形妻」としてかわいがられ、三人の子の母として、しあわせな生活を送っていた。

だが、夫の健康のためにイタリア旅行を計画したとき、資金を作るためにニセの署名をした。それが発覚したとき、夫は、私を守ってくれると思ったのに、なぜそんなことをしたのだ、と妻を責めた。「わたしは、いままで人形妻にすぎませんでした。人形の家を出て、社会勉強をしてきます」と言って、夫が引き留めるのも聞かず、子供たちが寝ている間に去って行った。妻の蒸

発は、いまでは、めずらしくないが、100年前の話である。

　原稿は友人ビョルンソン（Bjørnstjerne Bjørnson, 1832-1910）を通してオスロの出版社に送られた。同じ年にドイツ語訳が主人公Noraの書名で出版され、ドイツ語訳から英語、フランス語、ロシア語、日本語に訳され、世界中に売れ渡り、劇場で獲得した観客の数は、計り知れなかった。

　「人形の家」のノラを演じた松井須磨子（1886-1919）の「女は人形ではなく、人間である」（1914）というセリフが有名になった。

　（柳田千冬画、『ドイツ・西欧ことわざ・名句小辞典』同学社、1994）

doublet［Marouzeau補足］二重語（補足）。frêle と fragile, shirt と skirt, curriculum と personal history, ドイツ語Bücherlei「文庫」と Bibliothek「文庫、図書館、蔵書」, 工場と工場, 作業と仕事, 言葉と言語, 登山と山登り, 休暇と休み。和語と漢語Japanese and Sino-Japanese

Eliot, Charles Norton Edgcumbe（1862-1931）A Finnish Grammar（Oxford, 1890, 47+279頁）の著者。Oxford大学卒業後、外交官となり、ペテルブルク英国大使館書記官時代にこのフィンランド語文法を書いた。序論（47頁、ウラル諸語の素描）、文法、テキスト（カレワラ、民謡）。glossaryがないのが残念。1919-1926年に日本大使となる（当時日本の人口は7000万、フィンランドは200万）。1929年、再度、日本を訪れ、仏教を研究し、Hinduism and Buddhism, 3 vols.（1921）, Japanese Buddhism（1935）を書いた。

emprunt（loanword, Entlehnung）借用。1. イタリア語 doccia シャワー［ラ ductia（水を）導くもの］→フランス語 douche；フ palais→ド Palais（Palast はラテン語より）；2. ラ episcopus（＜ギ epí-skopos 上から見る者）→古代英語 bisċeop（bishop）；3. ラ locus commūnis 共有地→ド Gemeinplatz, ロ obščestvo（翻訳借用）；4. ラ paen-insula 半島→ド Halb-insel（前半が翻訳借用）；5. Lehnschöpfung（意訳語）ラ philosophus→ahd. un-mez-wizzo 計り知れない知識（を持つ者）；travel→Go To トラベル（2020）は Go travelling が正しい（go fishing, go swimming）。

epic（叙事詩；ド Epos, フ épopée, épique）ヤーコプ・グリムは詩を抒情詩（Lyrik）、叙事詩（Epos）、劇詩（dramatisches Gedicht）の三種に分け、叙事詩を民族叙事詩（Volksepos, 英雄叙事詩 Heldenepos ともいう）と芸術叙事詩（Kunstepos）に分けている。民族叙事詩も芸術叙事詩も、ともに建国のための王や英雄の事績（Taten, ラテン語 gesta, その語源は gerō「行う」の過去分詞中性複数）を歌うのであるが、前者は長い年月をかけて民族が自ら抒情詩に作詩するものであり、後者は一人の詩人が伝承をもとに彫琢（ちょうたく, elaborate, poliert）をこらして叙事詩に歌いあげたものである。ホメーロスの「イーリアス」や「オデュッセイアー」は前者、ウェルギリウスの「アイネーイス」やダンテの「神曲」は後者とされる。しかし、詩人の創造性（個性）が、どの程度まで関与しているかによって、その区分は、必ずしも明確ではない。出典：Jacob Grimm, Über das finnische Epos（フィンランドの叙事詩について）1845, 同じ年にスウェーデン語訳、1846 にロシア語訳が出た。Kleinere Schriften（1864-1890, 8巻）の中の第2巻。カレワラについては p.78、と、フィンランド民話（p.22）をお読みください。

euro（ユーロ；1999年より）EU（European Union ヨーロッパ連合）の貨幣単位。EUの総人口は 3.7億人、国家総生産 74,400億ドル。アメリカは総人口 2.7億人、国家総生産 65,640億ドル。日本は総人口 1.25億人、国家総生産 40,250億ドル。ドルは 107円, ユーロは 122円（2020）。第3の国際通貨として中国の元（人民元 yuan）が登場しつつある。

Europeme［Marouzeau補足］ヨーロッパ素。ハンガリー生まれの言語学者Gyula Décsy（ジュラ・デーチ，1925-2008，インディアナ大学教授；Gyulaは Juliusにあたる）の著書Die linguistische Struktur Europas. Vergangenheit, Gegenwart, Zukunft『ヨーロッパの言語的構造。過去、現在、未来』Wiesbaden, Otto Harrassowitz, 1973はヨーロッパ素を定義する。

　ヨーロッパ総人口6億3千万（1972）に用いられる62のヨーロッパ諸語（印欧語41，フィン・ウゴル語12，その他9）を地域的・機能的観点から10の連邦（Bund）に分類し、ヨーロッパ諸語に共通の要素（ヨーロッパ素 Europeme）を抽出しようと試みる。本書はFranz Nikolaus Finck, Ernst Lewy に続く西欧の言語類型論である。著者は1925年Negyed（ネジェド，当時チェコスロバキア）に生まれ、1948年BudapestでPh.D.を得、1959年ドイツの Hamburg大学でフィン・ウゴル学の教授資格（Habilitation）を取得、1965年 Hamburg大学員外教授ののち、アメリカのIndiana大学教授。渡米以前に Einführung in die finnisch-ugrische Sprachwissenschaft（Wiesbaden, Otto Harrassowitz, 1965；これはBjörn Collinderの3部作と並ぶ好著，本書p.13）、インディアナ時代にGlobal Linguistic Connections（1983）；The Uralic Protolanguage（1990）；The Indo-European Protolanguage（1991）がある。

　ヨーロッパ素（＝ヨーロッパ諸語に共通の特徴）：1. 基本母音はi,e,a,o,uの5個（スペイン語）、基本子音はp, v, t, l, j, k, s, m, n, rの10個（フィンランド語が近い）、音節の構造はCVまたはCVCが支配的。アクセントは強弱、高低、移動的（ロシア語górod 'city', gorodá 'cities'）、固定的（チェコ語město 'city', dó města 'to the city', 前置詞を含めて第1音節に）。

2. 文字：ラテン文字使用者が西欧・東欧・中欧に4.4億人で70％，キリル文字使用者1.8億で28％，その他、ギリシア文字、ヘブライ文字（イディッシュ語）、アルメニア文字。

3. 形態論：8品詞が多く、文法性と格については濃淡の差があり、数の範疇は名詞類にも動詞類にもあらわれる。二人称敬称（あなた）は多くの言語に

見られるが、英語（thou, ye）は早くにこれを失い you に統一されてしまった。時制体系は未来や完了形の創造により古代におけるよりも豊富になった。印欧語では格変化が減少し、前置詞が発達した。統辞論の分野では定冠詞が発達し、その使用人口は3.5億人（56％）。ハンガリー語は1350-1420年ごろに生じた（könyv 'book', a könyv 'the book'）。同じ語族のフィンランド語には、まだ発達していない。定冠詞はラテン語 ille homo ＞フランス語 l'homme のように前置が多いが、ラテン語 homo ille ＞ルーマニア語 omu-l 'man-the', ブルガリア語 knigat-ta 'book-the', スウェーデン語 bok-en 'book-the' のように後置する言語の人口は5400万。性・数・格の一致は印欧語一般の特徴であるが、フィンランド語 punaisessa talossa 'in the red house' のように厳格な場合と、ハンガリー語 a piros házban 'in the red house' のように鈍感な場合がある。冗長性（redundancy）に関しても濃淡の差があり、英語 two men have come とドイツ語 zwei Männer sind gekommen では複数性が2か所に、フランス語 deux hommes sont venus において音声的には1か所 [sɔ̃]、書記的には3か所にあらわれる。

4. 語彙：ラテン語・ギリシア語に由来する学術・教会・知的生活・近代文明の用語が多くの言語に共通している。月の名 January, February…もラテン語由来を用いることが多い。

5. 名前は個人名と姓の組み合わせが多い。音韻論の創始者 Nikolaj Sergejevič Trubetzkoy は個人名、父称（patronymic, セルゲイの息子）、姓（Trubetzkoy 家）からなる。スペインの言語学者 Emilio Alarcos Llorach（1922-1998, Oviedo 大学教授）は個人名 Emilio, 父方の姓 Alarcos アラルコス（ゲルマン語 Alarik, ala 'tout', rik 'puissant'）、母方の姓 Llorach ヨラクからなる。アイスランドでは姓（family name）の制度はなくて、個人名と父の名を用い、アイスランド初の女性大統領になった Vigdís Finnbogadóttir ヴィグディース・フィンボガドウホティル（1930-）はフィンボギの娘ヴィグディース（戦いの女神）の意味である。Icelandic. Grammar, Texts, Glossary（Baltimore, The Johns Hopkins

Press, 1949；xxii, 502pp.) の著者Stefán Einarsson（1897-1972）はEinarエイ
ナルの息子Stefánステファウンである。

faux amis ［Marouzeau補足］偽りの友。似ているが、内容が異なることが
ある。見かけの一致語は多い。その容貌にだまされて、心も同じだと思うと
背負い投げを食わされるからご用心（小林英夫言語学論集第3巻, 1977,
p.481）イタリア語の場合 tristi notizie giungono sul suo conto. 彼については不
吉な情報が伝えられている。tristi pensieri取り越し苦労；tristi presentimenti
不吉な予感；una triste notizia悲しい知らせ；con aria triste悲しげな面持ち
で。「妻」は中国語では「妻子<small>チーズ</small>」とか「愛人<small>アイレン</small>」という。「品物」は中国語では
「物品<small>ウピン</small>」とか「東西<small>ドンシー</small>」という。品物は、東にも西にもあるから。

Finnish folktale（フィンランド民話）アイノの死（カレワラ第4章）。
　フィンランドの建国の王ワイナモイネン（Väinämöinen）は生まれながらに
して白髪の老人だった。母親は大気の娘でイルマタルIlmatarといった（ilma
空気, -tar女）。息子をおなかの中に700年も抱いたまま、大海の中をさまよっ
ていたからだ。ワイナモイネンはカンテレ（ハープ）の名手で、奏でるハー
プの音に、森の木々も湖の魚も涙を流した。その涙が湖の底に落ちると、真
珠になった。ワイナモイネンは美しい乙女アイノAinoに求婚した。アイノの
母は、娘が国で一番の英雄の花嫁になることを喜んだが、アイノは年寄りの
玩具になるよりは、海底に沈んで魚の仲間になったほうがよいと言って、身
を投げて死んでしまった。母親は娘の死を知ると、嘆いて言った。「世の母
よ、いやだという結婚を娘に強いるな。」彼女は三日三晩泣き続け、その涙は
湖となり川になった。フィンランドは千の湖の国である。森本覚丹『フィン
ランド民族文化』民族文化叢書、目黒書店, 1942：豊島書房, 1956, 100円）

Fisherman, The, and his wife（漁師とその妻）『グリム童話KHM 19』
　むかし、漁師と妻が海辺の小さな漁師小屋に住んでいました。漁師は毎日
釣りに出かけました。一日中、釣りをしていました。

今日も、いつものように、釣り竿をさげて、澄んだ水の中を眺めていました。いつまでも、いつまでも坐っていました。釣り針は深く沈んで、引き上げると、大きなヒラメ（Butt, 英flounder）がかかっているではありませんか。すると、ヒラメが言いました。「漁師さん、お願いだから、逃してください。ぼくは普通のヒラメではありません。呪われて、こんな姿になった王子なのです。ぼくを殺したって、役に立ちませんよ。ちっともおいしくありませんよ。水の中に逃がしてください。」

　「そうかい」と漁師は言いました。「そんなにしゃべらなくてもいいよ。しゃべれるヒラメなんか放してあげるよ。」

　こう言って、漁師は魚を澄んだ海にもどしました。ヒラメは海底に泳いで行き、長いすじを、えがいて沈んでいきました。漁師は立ち上がって、小屋にいる妻のもとに帰りました。

　「おや、今日は何も獲物がなかったのかい？」と妻が尋ねました。「うん」と夫が言いました。「ヒラメを釣り上げんだ。だが、ヒラメは、呪われてこんな姿になった王子だと言うので、放してやったのさ。」

　「なんだって、バカなことをしたんだい。わたしゃ、こんな小屋に住むなんていやだよ。くさいし、むかつくよ。（原文はPissputtといって、小便小屋の意味である。漁師たちが、用便に使用し、休憩できる小屋なのである）せめて、小さな家をくださいって、お願いしたらよかったのに。もう一度、行って、ヒラメを呼び出しなさいよ。小さな家がほしい、と言ったら、願いを聞いてくれるわよ」と妻が言いました。

　「え？また行かなきゃならないのかい？」すると妻が言いました。「そうよ。捕まえたのに、逃がしてやったんでしょう。きっと、くれるわよ。すぐに行きなさい！」夫は行きたくありませんでしたが、妻には逆らえません。しかたなく、海へ行きました。

　漁師が海岸に着くと、海は緑色で黄色っぽくなっていました。以前のように澄んではいませんでした。坐って、呼びかけました。

「呪われた王子さん、答えてちょうだい。

ヒラメさん、海のヒラメさん、

ぼくの妻、イルセビルは、

ぼくと違って、欲しいものがあると言うんだよ。」

　するとヒラメが泳いできて、言いました。「いったい、奥さんは何がほしいと言っているんですか。」漁師は答えました。「妻が言うには、お願いごとをすればよかったじゃないの。こんな小屋に住むのは、もういやだ。だから、小さな家がほしいと言うんですよ。」するとヒラメは答えました。「家にお帰りなさい。もう家はできていますよ。」

　漁師が家に帰ると、そこには小さな漁師小屋はもうなくなっていて、そのかわり、小さな家が立っていました。そして、妻はドアの前の椅子に座っていました。すると妻は夫の手を取って、言いました。「中に入ってごらんなさい。このほうがずっといいでしょう。」

　二人が中に入ると、家には小さな玄関と、清潔な小部屋と寝室があって、そこには、それぞれベッドがありました。キッチンと食料庫があり、食器や調理道具も全部そろっていました。庭にはニワトリ、カモ、野菜と果物の実った菜園がありました。

　「ごらんなさい、すてきでしょう？」と妻が言いました。「うん、よかったね」と夫は言いました。「これで十分だ。これで十分に満足できる。」「さあ、どうかしらね」と妻が答えました。二人は食事をして、床につきました。

　夫はぐっすり眠りました。昨日はヒラメを呼び出したりして、たいへんでしたからね。しかし、何日かすると、妻が言いました。

　「この家はせまいわね。石造りの大きな御殿に住みたいわ。ヒラメのところに行って、お願いしてよ。」

　漁師は、しかたなく出かけると、海は灰色になっていました。

　「ヒラメさん、ヒラメさん、妻は石造りの御殿に住みたいと言うんだよ。」

　ヒラメが泳いできて、言いました。「家にお帰りなさい。願いごとはかない

ましたよ。」

　漁師が帰ってみると、大きな石造りの御殿がそびえていました。妻は「ちょいと、中へお入りよ」と夫の手をとって、中に入ると、御殿の中には大広間があり、大勢の召使いが働いていました。どの部屋も豪華な絨毯が敷きつめられて、テーブルや椅子は金でできています。うしろの広い庭には馬小屋と牛小屋がありました。

　次の朝になると、妻が言いました。「ちょいと、お前さん、窓から眺めてごらんよ。あの遠い山からこっちの山まで、広いもんじゃないか。わたし、このあたりの王さまになりたいわ。」

　漁師が、やれやれ、と言いながら、海岸に来ました。海は黒っぽいネズミ色になり、ブクブクとあわが湧き立ち、くさったにおいがしていました。漁師が呼ぶと、ヒラメが出て来て、たずねました。

　「奥さんは何がほしいんですか。」「王さまになりたいと言うんですよ。」

　漁師が家に帰ると、大きな門があり、門番が立っていて、兵隊が並んでいました。大広間には大臣や役人が集まっています。妻はダイヤモンドと金でできた椅子に座り、頭には金の冠をかぶっていました。漁師はおそるおそる近づいて、言いました。

　「おまえ、とうとう王さまになったのかい。」「そうよ。」

　妻の要求は、次第にエスカレートし、王さまから皇帝になり、皇帝から法王になりたいと言いました。漁師は、しかたなく、妻の希望を伝えました。そのつど、妻の望みはかなえられました。最後に、神さまになりたいというではありませんか。その妻の願いをヒラメに伝えることになりました。

　漁師が海岸に着くと、そとはごうごうと、あらしが吹いていました。木がつぎつぎに倒れ、岩がガラガラと海に崩れ落ちていました。海は、まっ黒の波で荒れ狂っていました。

　漁師は声を張り上げて言いました。ヒラメがやって来て、「こんどは何がほしいのです？」「神さまになりたいと言うのです。」

「お帰りなさい。奥さんは、むかしの小屋にいますよ。」

こうして、二人は、むかしの、きたない小屋に住むことになりました。

［欲張りは損のもと。Greed makes loss.］

flor del olvido（忘却の花を求めて，Buscando la flor del olvido）1. むかし私は心に大きな悩みをいだいていた。そして、それをすべて忘れてしまいたいと思った。2. 遠い国を旅した何人かの友人が、非常に遠いところに忘却の花が咲いていると教えてくれた。3. それで、私はそれを探しに行くことに決めた。4. 木の葉が黄金色に染まり、日々が淋しくなり始める秋の日、私はバルセロナの港で船に乗った。東洋に向けて。5. 私は若かった。そして、やさしい道連れをもっていた。それは私の触れるあらゆるものを美しくする天与の力をもっていた。その道連れとは幻想（la ilusión）である。―シスター・マリア・ロサ・P・ミランダ。1956年ごろNHKスペイン語ラジオ講座（佐久間正、横浜国立大学講師、のち清泉女子大学教授）のテキストより。上記のスペイン語：1. Una vez tenía yo en el alma un dolor muy grande y quise olvidarlo todo. 2. Unos amigos, viajeros de tierras lejanas me contaron que en un lugar muy remoto crecía la flor del olvido. 3. Y decidí ir en su busca. 4. En un día de otoño, cuando las hojas se tiñen de oro y los días comienzan a entristecerse, embarqué en el puerto de Barcelona, rumbo a Oriente. 5. Era muy joven, y llevaba una gentil compañera que tenía el privilegio de hermosear cuanto tocaba：la ilusión.（Sor María Rosa P. Miranda, A través del Japón. Madrid, Aguilar, 1942）

foggy glasses（くもったメガネ）この小品は、1988年、学習院大学化学科のドイツ語初級のクラスで前期試験（7月）のときに、根岸秀樹君が答案の裏に書いてくれたものです。

ある人が、普通の大学を卒業して、普通の会社に就職していました。昼休みに、公園のベンチに坐っていると、一人の老人がやって来て、こう話しかけました。「きみはメガネをかけているね」と。しかし、彼はメガネをかけて

いませんでしたので、「いいえ」と返事しました。すると、老人は「うんにゃ、かけている。わたしがとってあげよう」と言って、彼の目の前を軽くなでました。すると、どうでしょう。いままで、なんの変哲もなかった木や建物が、まるで少年のころに初めて見たときのように、感動的に見えました。彼は、この見えないメガネを取り外してくれた老人に感謝しようと思って振り向くと、もう老人の姿はありませんでした。この話は、日常性に埋没しているために、少年のころのみずみずしい感性が失われてしまった人のことを言っています。翌日から、彼の一新した生活が始まりました。

（出典：下宮『ドイツ・西欧ことわざ・名句小辞典』同学社、1994）red rose「まっかなバラ」p.116 もご覧ください。

French （フランス語の口語）

Franz Beyer und Paul Passy: Elementarbuch des gesprochenen Französisch (2.Aufl. Cöthen, Verlag von Otto Schulze, 1905) 東海大学原田哲夫文庫。この本の寄贈者原田哲夫氏（1922-1986）は東北大学英文科卒、日本大学歯学部教授だった。本書はHenry Sweetの『口語英語入門』（Elementarbuch des gesprochenen Englisch. 3版, Oxford 1885, 1904³）と同様、文例はすべて発音記号で書かれている。第1部：テキスト 1-62, 第2部：文法67-145, 第3部：語彙 147-191.

　無声閉鎖音 p,t,k は南ドイツにおけるよりも強く発音される。北ドイツ（ハノーファー）のpapaは pʰapʰa のように発音されるが、南ドイツでは ʰ を伴わず、pa-pa と発音される。bɔn（よい）は mbɔn のように、rɔb（衣服）は rɔbə のように聞こえる。1978年3月、学習院大学生22名と一緒に滞在していたとき、ムルナウ Murnau のゲーテ校の先生が dann を［dannə］のように発音していた。ʔɑ, sɛ vu?（ah, c'est vous? あ、あなたでしたか）。ʔは声門閉鎖（glottal stop）で、デンマーク語の発音に特有のものである（p.15）。

　p.75 形態論と統辞論（Form- und satzlehre）。Sandhi（Bonfante は syntactic phonetics と呼ぶ）。l-urs（l'ours）'the bear', lez-urs（les ours）'the bears', døbõ-garsõ（deux bons garçons）'two good boys', dø-bõz-ãfã（deux bons enfants）'two good children', i vwa（il voit；ilのlが子音の前で脱落）；母音の前では保たれるil ãtã（il entend 彼は聞く）'he hears', il-a pœ:r（il a peur 彼は心配だ）'he is afraid'；at-i pœ:r（a-t-il peur? 彼は心配か）'is he afraid?'

p.79. lə ptit-wazo（le petit oiseau 'the little bird'）；lez-jø（les yeux 'the eyes'）

p.80 Abstufung. i-n m-a pɑ vy, mwa（il ne m'a pas vu, moi「彼は私を見なかった」における弱形（atonic form）m と強形（tonic form）mwa を母音交替と呼ぶ。Henry Sweetのthere's nobody thereにおける［ðə］と［ðeə］の［ə］［eə］、すなわち［ゼロ］と［e］はラテン語s-unt 'they are'と es-t 'he is'のs と es にあたる。

文法の章で、以下、発音記号、ドイツ語の意味、女性、男性。

定冠詞	la mɛ:r 'die mutter' 母		lə pɛ:r 'der vater' 父
	la fam 'die frau' 女		l'ɔm 'der mann' 男
複数	le mɛ:r 'die mütter		le pɛ:r 'die väter'
	le fam 'die frauen'		lez-ɔm 'die männer'

ga-［Marouzeau補足］ゴート語接頭辞ga-の用法：1. ga-gaggan［発音gan-gan］'go together'；2. 完了的（perfektivierend, W.Streitberg, 1888）sitan 'to sit', gasitan 'to sit down', slepan 'to sleep', ga-slepan 'fall asleep'；3. 未来gatim-rja（ギoikodomē-s-ō）'I'll build'. このga-が文法化されて、ドイツ語やオランダ語の過去分詞を作るようになった。

gardener（庭師）は、広い意味では芸術家である。アンデルセンの童話「庭師と家族」（The Gardener and the Family, 1872）を読んでください。

コペンハーゲンから1マイルほどのところに古い館（old manor house）がありました。ここに、夏の間だけ、裕福な貴族の一家が住んでいました。館の前には一面に芝生の絨毯が敷きつめてあって、いろいろな花が咲いていました。この庭のお世話をしているのが、ラーセン（Larsen）という立派な庭師でした。花壇や果樹園や野菜畑の世話をするのが楽しみでした。ある日、

主人が友人に招待されて、そこで食べたリンゴとナシがとてもおいしかった
と庭師に言いました。主人は、あんなにおいしい果物は国内産ではなく、輸
入したものにちがいない、ラーセン君、調べてくれないか、と主人が言いま
すので、庭師は、顔見知りの果物商にたずねました。「あのリンゴとナシは、
きみの庭でなったものじゃないか。それを購入したんだよ」と果物商が言う
ではありませんか。庭師はほめられたので、とても嬉しかったのです。早速
主人にそのように報告しました。

　別の日、主人は宮中の宴会に招待されて、そこで食べたメロンがとてもお
いしかったので、庭師に言いました。「あのおいしいメロンの種を、すこしい
ただいてきてくれないか。そして、うちの庭に植えてみてよ」と主人が言い
ますので、「あのメロンも、ご主人の庭でとれたものでございます」と返事を
しました。主人は感心して言いました。「きみはいい腕をもっているね。」庭
師は、その後も、本で勉強して、美しい花々、おいしい果物を育てました。
[この庭師はアンデルセンとされています。]

　先日（2020年）、ラジオ深夜便で、作庭師（garden maker）という、しゃっ
ちょこばった日本語を使っていたが、庭師とか庭園師のほうがよい。

German folktale（ドイツ民話）一番美しい花（die schönste Blume）と
はバラでしょうか、ユリでしょうか、それともサクラでしょうか。

　ある王さまに三人の息子がいました。王さまは、どの子も、同じように愛
していましたので、だれに国を譲ろうかと、前から考えあぐねていました。
あす、お前たちの許嫁（いいなずけ）に一番美しい花を持って来させなさい。
それでだれが国を継ぐかを決めよう。一番上の王子の許嫁は、まっかなバラ
の花を持って来ました。バラは花の女王です。二番目の王子の許嫁はユリの
花を持って来ました。ユリは純白、純潔の花です。三番目の王子の許嫁はム
ギの穂を持って来ました。王さまは感心して言いました。「美しい花だけで
は、人は生きてゆけない。ムギはパンの花だ。おまえのように思慮深い嫁を
もらったなら、この国をきっと、じょうずに治めることが出来るだろう。」こ

うして、末の王子が国を継ぐことになりました。

（下宮『世界の言語と国のハンドブック』大学書林、2001³）

Germania and Romania （ゲルマニアとロマニア；ゲルマン語地域とロマンス語地域）『Anglo-Saxon語の継承と変容I』松下知紀・池上忠弘編、専修大学出版局2009, 147-174.

目次：1. はじめに；2. 準備的作業；3. ゲルマニアとロマニアの交渉；4. 俗ラテン語におけるゲルマン語からの借用語；5. ゲルマニアとロマニアの言語的相違；6. ゲルマン語とロマンス語との文法的共通；(7. ゲルマニアとロマニアの最初の文法書を省略) 参考文献；フランス語要旨。

1. はじめに

　ヨーロッパにおける二つの大きな地域であるゲルマニアとロマニアについて、主として、言語およびその研究の歴史から考察する。わが国ではゲルマーニアの表記が定着している（タキトゥス『ゲルマーニア』泉井久之助訳、岩波文庫、1979）が、ラテン語の呼称ローマーニアはpedanticなので、ここではゲルマニア、ロマニアと短く表記する。この種の便利な百科事典Der kleine Pauly（5巻, 1964-75）にGermaniaは載っているが、Romaniaは載っていない。Der neue Pauly（2001）には両方とも載っている。最後にヨーロッパ諸語における最初の文法書について考察を試みる（この部分省略）。

2. 準備的作業：Germaniaは言語人口1.86億（英語6000万、植民地を含まず、ヨーロッパのみ）

1. Romaniaは「Romaの地、Romaの領域」の意味だが、Germaniaのpro-formaになりうるGermaという名はない。Romaniaは「ルーマニア」をも意味する。

2. Romaniは「ローマ人」、Germaniは「ゲルマン人、ゲルマン民族」。

3. 単数germanus（＜germen「芽、胎児」）は「肉親の；兄弟の」の意味だが、Germaniとの関係は不明。cf. スペイン語hermano「兄弟」、hermana「姉妹」。

4. 元素germaniumはあるが、romaniumはない。rare earths nr.57-71の中に
Europium 63, Lutetium 71なる元素あり。

5. lingua Romana「ローマの言語、俗ラテン語、イタリア語」、lingua roman-
za「ロマンス語」、le lingue romanze「ロマンス諸語」に対して、フランス語
はromaniquesを使わず、les langues romanesという。英語はGermanicにな
らってRomanicとすれば総称的に響く。Slavic, Baltic, Semitic, Hamitic, Uralic,
Finno-Ugric, Turkicにおいては、-icが総称的に用いられている。だが英語は
Romance languagesが定着した。Otto JespersenはRomanic languages, Romanic
literaturesと言っている。

6. 文献開始は、ゲルマニアに関しては西暦4世紀のゴート語訳聖書、8世紀古
代英語Beowulf『ベーオウルフ』（悪魔の化身である龍を退治する英雄の名）、
8世紀古代高地ドイツ語のHildebrandslied『ヒルデブラントの歌』、9世紀古
代サクソン語Heliand『ヘーリアント、救世主』、13世紀古代アイスランド
語『エッダ、神話・英雄伝説』などがある。ロマニアに関しては、ラテン語
も含めれば、Plautusの紀元前3世紀だが、ロマンス語となると、西暦8世紀
以後であり、かなりの分量の作品は11世紀ごろから始まる。Antonio Tovar
は6世紀まではラテン語、ロマンス語は8世紀以後としている。その間は流
動的である。

7. 三点セットと筆者は呼んでいるが、特に古い言語の場合、その学習ないし
研究は、文法書、テキスト、語彙（語源辞典）の三つが必須である。その意
味で、『ロマンス語語源辞典』Romanisches etymologisches Wörterbuch（Mey-
er-Lübke, 3.Aufl. Heidelberg, 1935, 5.Aufl. 1972）はあるが、それが得意なはず
のドイツに『ゲルマン語語源辞典』Germanisches etymologisches Wörterbuch
は、まだ、ない。同様に、『ロマンス諸語比較文法』4巻Grammatik der ro-
manischen Sprachen（Meyer-Lübke, Leipzig, 1890-1902, reprint Hildesheim,
1972, lxvi, 2391pp. DM 468,-）はあるが、『ゲルマン諸語比較文法』Vergleichende
Grammatik der germanischen Sprachenは、まだ、出ていない。それに代わる

Wilhelm Streitbergの『ゲルマン祖語文法』Urgermanische Grammatik（1896, reprint 1974[4]；川島淳夫訳『ゲルマン祖語文法』2018），Herman Hirtの『ゲルマン祖語ハンドブック』3巻 Handbuch des Urgermanischen（Heidelberg, 1931-34）やEdward Prokosch『ゲルマン語比較文法』A Comparative Germanic Grammar（Linguistic Society of America, Baltimore, 1938）があり、未見ながら、Viktor Zhirmunskijの『ゲルマン諸語比較文法』4巻 Slavnitel'naja grammatika germanskih jazykov（Moskva, 1962-66）があるとされる。しかし、その規模から言って、Meyer-Lübkeに匹敵するゲルマン語比較文法は、まだ出ていないと思われる（Jacob GrimmのDeutsche Grammatik, 4巻、1822-1837は、その書名にもかかわらず、ゲルマン諸語比較対照文法となっている）。また、ゲルマン語語源辞典に代わるものとしてSigmund Feistの『ゴート語比較辞典』Vergleichendes Wörterbuch der gotischen Sprache（3.Aufl. Leiden, 1939, Winfred P.Lehmannnによる英訳改訂版 Leiden, 1986）がある。材料的にはすでにGrimm兄弟がDeutsches Wörterbuch（1854-1961）で着手しており、ドイツ語・ゲルマン語起源の見出し語には同系のゲルマン語形が併記されている。これは『オックスフォード英語辞典』Oxford English Dictionary（1933, 第2版1989, 20巻）も同様で、これには英国方言形もあげられている。August Fick編の『印欧諸語比較辞典』Vergleichendes Wörterbuch der indogermanischen Sprachenの第3部をなすAlf Torp『ゲルマン語統一語彙』Wortschatz der germanischen Spracheinheit（Göttingen, 1909, 5.Aufl. 1979）は主としてゴート語と古代ノルド語を見出し語としている。古いが、当時、どのような取り組み方がなされていたかを知ることができる。Hjalmar FalkとAlf Torpの『ノルウェー語・デンマーク語語源辞典』Norwegisch-dänisches etymologisches Wörterbuch（Heidelberg, 1910）はJan de Vriesの『古代ノルド語語源辞典』Altnordisches etymologisches Wörterbuch（Leiden, 1957-60, 2.Aufl. 1962, 3.Aufl. 1977）が出るまでの重要な道具であった。ヤン・デ・フリースの古

代ノルド語語源辞典は固有名詞も含み、非常に便利である。

8. ゲルマン文献学の創始者は Grimm 兄弟であり、ロマンス文献学の創始者は
フリードリッヒ・ディーツ Friedrich Diez（1794-1876, Bonn）で、ともにドイ
ツであった。スラヴ文献学はフランツ・ミークロシチ Franz Miklosich（1813-
1891, Wien）の『スラヴ語語源辞典』Etymologisches Wörterbuch der
slavischen Sprachen（Wien, 1886）、『スラヴ諸語比較文法』4巻 Vergleichende
Grammatik der slavischen Sprachen（Wien, 1852-75）に始まり、フランスよ
りも早い。『ロマンス文献学大系』2巻（Grundriss der romanischen Philologie,
hrsg. Gustav Gröber, Strassburg, 1897-1906）と『ゲルマン文献学大系』3巻
（Grundriss der germanischen Philologie, hrsg. Hermann Paul, Strassburg 1900-
1909）は、ともに、ドイツの学問の成果であった。

9. 第25回国際ロマンス言語学および文献学会議 Congrès International de lin-
guistique et de philologie romanes が2007年9月3日〜8日に Innsbruck で開催
された。ゲルマン語に関してこの種の国際会議は筆者には未見である。わが
国に限って言えば、日本ロマンス語学会（創立1967、小林英夫、早稲田大
学）はあるが、日本ゲルマン語学会は、まだ、ない。また、『ロマンス語比較
文法』（片岡孝三郎、5巻、朝日出版社、1982）、『ロマンス語学年表』（早稲田
大学、1985）があるが、これに相当するゲルマン語はない。『ゲルマン語読
本』（Germanisches Lesebuch, 大学書林、1995）はあるが、『ロマンス語読
本』（Romanisches Lesebuch）は、ない。

3. ゲルマニアとロマニアの交渉

　ゲルマニアとロマニアの交渉を扱ったものにガミルシェク Ernst
Gamillscheg の『ゲルマン語的ロマニア』Romania Germanica（3巻、Berlin,
1934-36）は副題をゲルマン民族の旧ローマ帝国の領土における言語と移住
の歴史 Sprach- und Siedlungsgeschichte der Germanen auf dem Boden des
alten Römerreichs と称し、Hermann Paul 編のゲルマン文献学大系 Grund-
riss der germanischen Philologie の第11巻をなし、3巻で1000頁を超す大

著で、地名を主材料にゲルマニアとロマニアの交渉を論じたものである。ブルグンド王国（Burgunderreich）はニーベルンゲンの歌（Nibelungenlied）の主要舞台であるが、本書を見ると、ブルグンド名が今日のフランスのコート・ドールCôte-d'Or（Dijon）, ソーヌ・エ・ロワールSaône-et-Loire（Mâcon）, ベルフォールBel-fort（Belfort）, ジュラJura（Lons-le-Saunier）, ドゥーDoubs（Besançon）, アンAin（Bourg-en-Bresse）, に広がっていたことが分かる。特に顕著なのは-ingôs-Namen（とGamillschegが呼ぶ地名）で、オーダンAudens（Doubs）, アトザンAthesans（Haute-Saône）, バナンBaneins（Ain）, ブルナンBrenans（Jura）, シャンベランChambéreins（Ain）, ドゥーランDouerans（Belfort）, ゴーダンGôdens（Côte-d'Or）など、第3巻pp.71-94にわたって列挙されている。-ingôsはGöttingen, Tübingen, Thüringenに見える語尾と同じで、「…の一族の者たち（の領土）で」という複数与格からきている。-ôsはゴート語dagôs "die Tage"にあたる。Gamillscheg（1887-1971）はTübingen大学ロマンス語教授で、『フランス語語源辞典』Etymologisches Wörterbuch der französischen Sprache（Heidelberg, 1926-28）の著者であった。

　フランスとドイツの国境地帯にはミュルーズMulhouse（Mühlhausen, 水車の家）、Strasbourg（舗装道路のある町）など、ドイツ語が明瞭にみられ、スペインの都市ブルゴスBurgosはゴート人が支配した時代に「城、町」と呼んだ結果である（burgはHamburgの後半）。AndalucíaはVandal人（東ゲルマン人）の国の意味である。スイスのヌシャテルNeuchâtel（新しい城）はゲルマン語的な語順を示しており、同じ意味のChâteauneufはロマンス語的語順で、フランスの数か所の町の名になっている。

　フランスにおけるノルド語起源の地名もロマンス語とゲルマン語の接触romanisch-germanische Berührungの分野に入る。これはヴァイキングがもたらしたものである。ノルマンディーNormandieはデンマーク語normand（北欧人）に国の接尾辞ie（Italie, Russie, Scandinavie, Yougoslavie）がつい

たものである。地名ブリクベック Bricquebec, クラルベック Clarbec, ロベック Robec にはノルド語 bekkr（小川）が入っている。ディエップダル Dieppedalle には djúpr（深い）と dalr（谷）が入っている。ブクロン Bouquelon（ブナの森）には bók（ブナ）と lundr（森）が入っており、イクロン Yquelon（樫の森）には eik（樫）と lundr（森）が入っている。港町ディエップ Dieppe は、ヴァイキングたちが船でやって来たとき、ここは「深い、接岸できる」と言ったのが地名になった。これらは nordisches Superstrat（ノルド語上層）の例であり、白い blanc, 褐色の brun, 戦争 guerre は fränkisches Superstrat（フランク語上層）の例である。

4. 俗ラテン語におけるゲルマン語からの借用語

　俗ラテン語におけるゲルマン語からの借用語（les mots germaniques en latin vulgaire）。永遠の都ローマに誕生したラテン語は、近隣諸国に甚大な精神的・文化的な贈り物を提供した。ローマ人が野蛮人と呼んだゲルマン人は、彼らに提供すべき語彙を持っていただろうか。しかり、あるにはあったが、その数はほんの一握り。日本語に入った英語の数と英語に入った日本語の数を比べるようなものだ。

　ヴェイッコ・ヴァーナネン Veikko Väänänen の『俗ラテン語入門』 Introducción al latín vulgar（1971, p.139-140）はゲルマン語とケルト語を野蛮人の言語と呼び、ゲルマン語からの借用語として burgus（城）、brutis（義理の娘、cf.bride）、ganta（ガン、wild goose）、hosa（ズボン）、sapo（石けん）、suppa（スープ）、companio（仲間、ゴート語 gahlaiba, パンを一緒に食べる者、翻訳借用）をあげている。借用語は、一般に、文化の高い言語から低い言語にむかって行われる。スウェーデン語からフィンランド語へ、スペイン語からバスク語へ、フランス語からルーマニア語へ、のように。この逆が Germanic into Vulgar Latin である。

　動物、武器など：bison, pl. bisontes（野牛, uīsōn, germ. cf.ahd. wisant, wisunt）, boscus（森, Niemeyer, 'un bois, terrain boisé, sp.bosque, it.bosco, e.bush, d.Busch), burgensis（市民, mit lat. Suffix）, canna（花瓶, Du Cange, canna）, framea（投げ槍）、glaesum（琥珀）'Bernstein, ambre'.

地域、食品など：marcha（地域, 国境地帯＜*markōn, cf.Denmark, Steiermark, Finmark, Telemark）, marco, marcare（行進する）; melca（凝固ミルク料理）, reno, renonis（毛皮）, spelta（スペルト小麦; Rückentlehnung aus dem Spätlat. auch spelt, Schrader, Sprachvergleichung 424）; taxo（アナグマ, aus *þahsa, ahd.dahs 'Dachs'）, uargus（浮浪者, 古代ノルド vargr オオカミ; wadium（質、担保＜got.wadi 'gage', c.360）.

5. ゲルマニアとロマニアの言語的相違

　両者の言語的相違を、文化的な単語book, それに関連するdictionaryとlibrary, 自然の分野からmountain, river, forestについて見てみる。

　「本」エ book, オ boek, ド Buch, ス bok, デ bog, ノ bok, ア bók；「辞書」エ dictionary, オ woordenboek, ド Wörterbuch, ス ordbok, デ ordbog, ノ ordbok, ア orðabók；「図書館」エ library, オ bibliotheek, ド Bibliothek, ス bibliotek, デ bibliotek, ノ bibliotek, ア bókasafn

　「本」については、ゲルマン語共通で、本来語、固有語（native word）が用いられている。「辞書」は英語だけフランス語（もとはラテン語）で、その他の言語はnative wordのみを用いた複合語である。オランダ語以下は「単語の本」で、純粋な言語材を用いている。スウェーデン語から翻訳借用（translation loan）されて、フィンランド語ではsanakirjaとなる（sanaサナ、単語、kirjaキルヤ、本）。Jacob Grimmによると（Deutsches Wörterbuch, 序文）、Wörterbuchという単語は17世紀にはまだ存在せず、1719年に低地ドイツ語Niederdeutschの辞書にwoordenboek（オランダ語と同じ）が用いられ、その他のゲルマン語にも普及した。ギリシア人、ローマ人は「辞書」という概念をもっていなかった。ギリシア語のlexikónやラテン語のdictionariumは、後になって作られた。「図書館」は英語のlibraryがラテン語のlibrarius（本の）からで、「家」とか「建物」という名詞が省略されたもの

と思われる。オランダ語以下はギリシア語bibliothêkē（本の置き場所）より。thêkēはapothek（薬の置き場所、薬局）、diskothek（レコードの置き場所）にも見え、印欧語根*dhē-（置く）からきている。アイスランド語bókasafn（本の収集）は純粋なゲルマン語で、後半はドイツ語のSammlung（収集）と同じ語源である。

　同じものをロマンス語について見ると、

　フ livre, dictionnaire, bibliothèque ; ス libro, diccionario, biblioteca ; ポ livro, dicionário, biblioteca ; イ libro, dizionario, biblioteca ; ル carte, dictionar, bibliotecă

　「本」はルーマニア語のみ異なり、これはラテン語carta, その前はギリシア語khártaから来ている（cf. Magna Charta大憲章）。「辞書」と「図書館」は、ゲルマン語の場合と大差はない。bibliothekのヨーロッパ的普及はBC280年ごろ、プトレマイオス1世が建てたアレクサンドリアの有名な図書館（50万冊を集めた）によるものであろう。

　「学校」と「大学」について見ると、ともにschoolとuniversityが全欧的に普及しているが、universityはアイスランド語がháskóli［ハウスコウリ］で、ドイツ語のHochschuleと同じ語構成である。現代ギリシア語はpan-epistêmio［panistímio］という。これは「すべての科学」の意味で、ラテン語で表せばomni-scientiaとなる。

　「山」「川」「森」を見てみよう。

　エ mountain, オ berg, ド Berg, ス berg, デ bjerg, ノ fjell, ア fjall ; エ river, オ rivier, ド Fluss, ス flod, デ flod, ノ elv, ア á ; エ forest, オ bos, ド Wald, ス skog, デ skov, ノ skog, ア skógur

　山・川・森の三者ともフランス語より。オランダ語は「川」がフランス語から来ている。オランダ語の「森」は小さい森がbos（フランス語boisはここから来ている）、大きい森がwoudとある。mountainはラテン語terra montanea（山の多い土地）、fjell, fjallはドイツ語Fels（岩山）と同じ語源、

riverはラテン語ripa（岸）からで、arriveの語源でもある（ad-rīpāre岸に着く）。Fluss, flodは「流れ」の意味のゲルマン語、elvもゲルマン語、áはラテン語aqua, ゴート語ahwaで、印欧語的な単語である。forestはsilva forestis（外の森、自分の敷地の外にある森）の形容詞が残った。ドイツ語Waldはwild（荒れた）と同根、skogはノルド語共通。

「山」フmonatgne, スmontaña, ポmontanha, イmontagna, ルmunte；「川」フrivière, スrío, ポrio, イfiume, ルrîu；「森」フforêt, スbosque, ポbosque, イforesta, ルpădure

「山」は形容詞「山の多い」より。ルーマニア語のみはラテン語mons, montis（山）より。「川」のイタリア語はラテン語flūmenで、原義は「流れ」である。スペイン語・イタリア語・ルーマニア語のríoなどは語根*rei-（流れる）より。「森」のbosqueはゲルマン語からで、英語bush, ドイツ語Busch（cf. huis ten bosハウス・テン・ボス）と同じ。ルーマニア語の「森」はラテン語palūs, palūdem（沼）より。

ゲルマン語域とロマンス語域の間で貸し借り：フランス語blanc（白い）、bleu（青い）、gris（灰色の）はゲルマン語から。blancはスペイン語blanco, ポルトガル語branco, イタリア語biancoまで達した。ゲルマン民族がローマ人と接するようになってからの文明語彙は、当然のことながら、ラテン語、または、フランス語を通してゲルマン諸語に入った。wine, beer, cook, kitchenなどの食事や料理関係はラテン語から入ったものである。また、church, ドイツ語Kircheなどは、ギリシア語kyriakón（dôma）「主の（家）」の名詞が省略された結果である。フランス語église, スペイン語iglesia, イタリア語chiesaはラテン語ecclesiaからで、「集会」の意味のギリシア語から来ている。

6. ゲルマン語とロマンス語の文法的共通性

文法に関しては、ゲルマン諸語、ロマンス諸語に共通に見られる言語的改新（linguistic innovation, sprachliche Neuerung）があげられる。これは近代ヨーロッパ的改新（neueuropäische Neuerung）と称することができよう。

European syntaxとも呼ばれ、定冠詞の発達、完了時制の発達、habeo構文（私は持っているの表現）の発達、be動詞、have動詞の文法化などを指す。European syntaxについては、Travaux du Cecle Linguistique de Copenhague, Vol.XI（1957）の中でPierre Chantraine, Franz Blatt, Werner Betz, Giacomo Devoto, Per Nykrog, Alf Lombard, L.L.Hammerich, Knud Sørensen, Alf Sommerfelt, Adolf Stender-Petersen und Knud Jordalなどが論じている。

　ラテン語ille rēx（彼・王、あの王）からイタリア語il re, スペイン語el rey, フランス語le roiが、ラテン語rēx ille（王・彼、あの王）から後置定冠詞形のルーマニア語rege-leが発達した。ロマンス語の名詞はラテン語の対格形に由来しているので、ルーマニア語のregeに最も明瞭に見ることができる。定冠詞はロマンス語からゲルマン語にも入り、the king, der König, スウェーデン語kung-en, アイスランド語konungur-innとなった。不定冠詞は発達が遅く、アイスランド語や現代ギリシア語には、まだ発達していない。また、ノルウェー語では、英語やドイツ語なら不定冠詞を用いるところを、不定冠詞なしの場合が多いことは、本を読んでいると、容易に気づく。ゴート語やエッダ（古代アイスランド語）には定冠詞も不定冠詞も発達していなかった。エッダでは「太陽が黒くなり、大地は海に沈む」（sól tér solna, sígr fold í mar）において、太陽（sól）も、大地（fold）も海（mar）も定冠詞がない。冠詞が伝播した順序はロマニアからゲルマニアに向かってであった。the book, a book, das Buch, ein Buch, le livre, un livreのような冠詞は、最古のゲルマン語（ゴート語、ノルド祖語）にはない。ヨーロッパの裏庭（Hinterhof Europas, Gyula Décsyジュラ・デーチ1973の用語）と呼ばれるバルト語とスラヴ語には、まだ発達していない。ブルガリア語には、他のバルカン諸言語にならって後置定冠詞が発達している（kniga-ta 'book-the, the book'）。

　I have written a book, ich habe ein Buch geschrieben, j'ai écrit un livreのような完了形も、最古の時代にはまだなくて、俗ラテン語habeo scriptum librum（私は本を書いた）をもとにして作られたものである。ロシア語やポー

ランド語では'have'の代わりに'be'を用いて、ロシア語ja napisal knigu（I written book, 私は本を書いた）という。ロシア語では'be'の現在形jesm'は省略される。have + 過去分詞の形式は過去完了や未来完了などの複合時制にも拡張され、言語の表現を豊富にした。フィンランド語も'have'をもたないので、I have written a bookをI am written a bookのように言う。

所有の表現：I have a bookは「私のところに本がある」のように表現された。ギリシア語moí esti éna biblíon（私に一冊の本がある）、ラテン語mihi est liber（私に本がある）、ドイツ語bei mir ist ein Buch（私のところに一冊の本がある）、ロシア語u menjá kníga（私のもとに本がある）、フィンランド語minulla on kirja（私のもとに本がある）。所有者を斜格（oblique case）に、所有物を主格に置いて、存在動詞'be'を用いて「私に…がある」とするのが本来の表現であった。今日の西欧諸語におけるhave, haben, avoirの広範囲な使用は近代ヨーロッパ的改新である。haveの目的語はI have father and mother, two brothers, a cold, a fever, a headache, ich habe Hunger 私はおなかがすいた, ich habe Durst 私はのどがかわいた, j'ai mal à la tête 私は頭が痛い、のように多方面にわたる。

　最後の「私は頭が痛い」は、スペイン語ではme duele la cabeza（私に頭が痛む）のように「頭」が主語になり、この点、ロシア語のu menjá bolít golová（私において頭が痛む）と共通している。

　ギリシア語・ラテン語のような屈折の豊富な形式が単純化（simplification）するのがゲルマニアでもロマニアでも共通に見られる現象であるが、その度合いは言語によって一様ではない。

　ヨーロッパの言語的な特徴をdeclensionとconjugationについて見る。

南ヨーロッパ　　　　曲用単純化（less declension）

　　　　　　　　　　活用豊富（rich conjugation）

北・西ヨーロッパ　　曲用単純（poor declension）

　　　　　　　　　　活用単純（poor conjugation）

中部ヨーロッパ	曲用中程度（fair declension）
	活用中程度（fair conjugation）
東ヨーロッパ	曲用豊富（rich declension）
	活用豊富（rich conjugation）

　この特徴づけは相対的なものであり、絶対的ではない。北ヨーロッパの最北端にあるアイスランド語は、古代ノルド語からの文法性3つ、格4つ、豊富な人称語尾を1000年間変えることなく、忠実に保持してきた。これは言語地理学（geolinguistics）の「古形は辺境地域に残る」（Marginaltheorie, norma dell'àrea laterale, Matteo Bàrtoli, 1925）によって説明しうる。

　それとは別に、顕著なことが一つ見られる。それは、北・西・南（およびこれらに隣接している中部）ヨーロッパの諸言語が改新（新しい表現法 innovation, Neuerung）に積極的であるのに対して、ヨーロッパの内陸部にある東ヨーロッパ（スラヴ諸語とバルト諸語）は改新に消極的であり、保守的であるということである。

　ヨーロッパを東西に分けると、総じて、

東ヨーロッパ：屈折保存の傾向（flexionsbewahrend）

西ヨーロッパ：屈折減少の傾向（flexionsreduzierend）を示す。

　人称語尾の弱体化は英語が好例であるが、デンマーク語・スウェーデン語・ノルウェー語では人称変化がなくなり、I am, you are, he is, we are, you are, they are などもすべて同じ er となり、英語以上に単純化が進んでいる。

　屈折孤立化（Flexionsisolierung）はレーヴィ Ernst Lewy（1942）の用語だが、これは、西欧諸語の特徴である。ラテン語 capitis（頭の）とフランス語 de la tête をくらべると、フランス語では概念（Begriff, 頭）、類（Klasse, 女性）、格（Kasus, 属格）が別々に表現されるのに対して、ラテン語では三つの文法範疇が一つの形式で表現される。ドイツ語 des Kopfes は属格が冠詞と名詞の両方に繰り返されている点で、屈折語の特徴を示し、ラテン語とフランス語の中間の状態にあるといえる。一方、英語 of the head はフランス語の類

（名詞類＝文法性）が消失したという点で、文法形式の単純化が、さらに一歩進んでいる。英語やフランス語のような表現形式は、多かれ少なかれ、近代ヨーロッパ諸語に見られるが、とくに大西洋地域（atlantisches Gebiet）に顕著に見られる。Lewyはこれを屈折孤立化と呼び、ヨーロッパの言語史・精神史上、重要な概念であるとしている。the King of England's Palace（英国王の宮殿）、the man I saw yesterday's father（私が昨日会った人の父、Henry Sweetの例）の所有の's に見るような語尾の緩み（ゆるみ、Endungslockerheit）も、屈折孤立化の現象であり、The Uiversity of Chicago Press（シカゴ大学出版部，The は University of Chicago 全体の前につく）も類似の現象である。

　英語に広範囲に普及したs-pluralがオランダ語にも普及している。vaders "fathers" は強変化、boeken "books" は弱変化だが、その指示形 boekje（小さな本）の複数は boekjes となる。-s は西ロマンス諸語にも共通である。

　数詞「21」einundzwanzig (ein-und-zwanzig) の順序はドイツ語・オランダ語・デンマーク語に依然として残る。英語も古くはドイツ語と同じ順序で、one and twenty だった。Daniel Defoe の Robinson Crusoe (1719) には six and twenty years とか four and twentieth year などと出てくる。ノルウェー語は1951年以後 twenty-one の順序となった。スウェーデン語では、もっと早かった。二十進法（vigesimal system）の名残がフランス語（quatre-vingts「4×20」＝80）やデンマーク語（fir-sinds-tyve「4×20」＝80）に残る。

　語法（phraseology）の例として「おはよう」と「こんにちは」の区別がある英語やドイツ語（good morning, guten Morgen）と、区別のないフランス語やスペイン語（bonjour, buenos días）。**ことわざ**「ローマは一日にして成らず」の表現の相違、フランス語 Paris n'a pas été bâti en un jour（パリは一日にして成らず）、スペイン語では No se ganó Zamora en una hora（サモラ城は1時間で陥落したのではなかった；1072年の故事）、ロシア語では Ne v odín den' Moskvá stróilas'（モスクワは1日にして成らず）。

（ゲルマン語およびロマンス語の最初の文法書）省略

　本稿がゲルマニアとロマニアと称しているように、中世ヨーロッパはラテン語が、あらゆる分野において支配していた。神学、哲学、医学、法学（この四学部が大学成立の条件であった）の書物はすべてラテン語で書かれ、文法書もそうだった。ヨーロッパ諸語の文法が現地語（vernacular languages）で書かれるようになったのは、15世紀以後である。近世初期における文法書に共通して見られる顕著な特徴は、文法を4つの部門に分けて、orthographia（音論）、prosodia（音節、音量、アクセント）、etymologia（= Wortlehre 語論、すなわち形態論と語形成）、syntaxis（格、時制、一致、語順など）としていることである。また、言語一般に考察を加えているものも多く、その場合には、必ずと言ってよいほど、ヘブライ語がすべての言語の母であり、ラテン語とかドイツ語は、その成れの果てとしていることである。ヘブライ語が祖語とは言えないという考えにいたるには、1781年、Adelung（アーデルング）まで待たねばならなかった。

　Etymologia における分類の基礎は8品詞、すなわち、nomen, pronomen, verbum, participium, adverbium, praepositio, coniunctio, interiectio である。Nomen の accidentia として genus, numerus, casus, declinatio, comparatio, figura, species があげられている。accidentia は今日の文法範疇（grammatical categories）にあたる。verbum の accidentia として genus, tempus, modus, persona, numerus, coniugatio, figura, species があげられる。accidentia は屈折と語形成（Flexion und Wortbildung）を含む。accidence という用語は20世紀になってからは、G.O.Curme を除けば、もはや使われない。figura と species も今日は使われないが、ともに語形成の二区分で、figura は simplex（grand, dō）と composita（grand-père, vendō < vēnum dō）を、species は primitiva（grand, mors）と derivata（grandeur, mortālis）を指す。ギリシア語の例をあげれば、species の primitiva は híppos（馬）、polemós（戦い）、その derivata は hippeúō（馬に乗る）、poleméō（戦う）である。

参考文献：Bonfante, Giulinao （1970）：La dottrina neolinguistica. Teoria e pratica. Torino.

Buck, C.D. （1949）：A Dictionary of Selected Synonyms in the Principal Indo-European Languages. Chicago.

Décsy, Gyula （1973）：Die linguistische Struktur Europas. Wiesbaden.

Kontzi, R. hrsg. （1982）：Substrate und Superstrate in den romanischen Sprachen. Darmstadt.

Lewy, Ernst （1964²）：Der Bau der europäischen Sprachen. Tübingen.

Meyer-Lübke, Wilhelm （1972, 5.Aufl.）：Romanisches etymologisches Wörterbuch. Heidelberg.

Niemeyer, Jan Frederik （1984）：Mediae latinitatis lexicon minus. Leiden, E. J.Brill （editio prima 1976）

Nebrija, Antonio de （1492）：Gramática de la lengua castellana. facsimile版, edición crítica de Antonio Quilis, Estudios Nebrijenses, ed.Manuel Alvar, Ediciones de Cultura Hispánica, Madrid, 1992.

Palgrave, John （1530）：Lesclarcissement de la langue francoyse. = L'eclaircissement de la langue française （1530）. Texte anglais original, traduction et notes de Susan Baddeley （Textes de la renaissance. Série Traités sur la langue française sous la direction de Colette Demazière 69）, Paris, Honoré Champion, 2003.

Pottier, B. （1967）：Présentation de la linguistique. Paris.

Rohlfs, G. （1983）：Romanische Entlehnungen aus germaischer Grundlage （Materia romana, spirito germanico）. München.

Shimomiya, Tadao （1990）：Europa, typologisch gesehen. Proceedings of the XIV International Congress of Linguists. Berlin, 1987, pp.2511-2516.

Travaux du Cercle Linguistique de Copenhague, vol. XI （1957） The Classical Pattern of Modern Civilization：Language.

Germans （The Germans are great eaters and great drinkers. ドイツ人は大食大飲） なぜ、そんなことを言われるのか。ドイツのことわざ辞典K.F.W.

Wander：Deutsches Sprichwörterlexion, 5 Bde. Leipzig, 1863-1880（reprint Darmstadt, 1964）はドイツ諸方言を含め20万のことわざを収めているが、ドイツ人が大いに食べ、大いに飲む理由を、次のように説明している。ボヘミア（今日のチェコ）の伝説によると、昔、神様が悪魔を天から追放したとき、その力があまりに激しかったので、悪魔の身体が八つ裂きになり、諸国に飛び散った。頭はスペインに、心臓はイタリアに、手はトルコとタタールに、足はフランスに、胃袋はドイツに落ちた。こういうわけで、ドイツ人は大の飲食好き、フランス人は踊り好き、トルコ人とタタール人は殺しと盗み好き、イタリア人は裏切り者、スペインは高慢なのだ。

　　（下宮『ドイツ・西欧ことわざ・名句小辞典』同学社1994）

glide［Marouzeau補足］ドイツ語Gleitlaut わたり音。ラ humilis ＞ hum-b-le；ラ veniam T'll come'→フ vien-d-ré, ス ven-d-ré（イタリア語は verrò）；ラ camera→フ cham-b-re；ラ Veneris dies→フ ven-d-redi；ラ numerus→フ nomb-re；ド eigen-t-lich.

Goethe and music（ゲーテと音楽）ゲーテ名句。

　　音楽を愛さない人は人間と呼ばれるに値しない。音楽を愛するだけの人は、やっと半分だけ人間だ。しかし音楽を実演する人（演奏者、作曲者、歌手）は完全な人間だ。Wer Musik nicht liebt, verdient nicht, ein Mensch genannt zu werden; wer sie nur liebt, ist erst ein halber Mensch; wer sie aber treibt, ist ein ganzer Mensch.（Goethe, Pleyer との対話, 1822）フ Qui n'aime pas la musique ne mérite pas qu'on l'appelle un homme; qui se contente de l'aimer n'est qu'à-demi; qui la pratique est complètement un homme.（学習院大学Prof. Thierry Maré訳1997）

Gotland tale（ゴットランド民話）

　　これはバルト海に浮かぶスウェーデンの島ゴットランド（Gotland）の民話です。人口は5万、首都はヴィスビュー（Visby）、Gotlandの語源は「ゴート人の国」。この島は最初、昼間は海中に沈み、夜に浮かび上がったそうです。

この島を発見したのはシェルヴァル（Thielvar）という男でした。彼は初めて火をこの島に持って来ました。それからは、島は沈みませんでした。息子はハフジ（Hafthi）といい、その妻はフウィータスチェルナ（Huitastierna, 白い星の意味）という名でした。夫婦が寝た最初の夜、妻は自分の胸の中で三匹のヘビがもつれあっていて、外に出たがっている夢を見ました。この夢を夫に話すと、夫は、次のような夢の解釈をしました。

　みんな輪でつながっているのだ。この島は人が住むようになるぞ。私たちは三人息子が生まれる。夫は生まれる前に名前をつけました。グティ Guti にはゴットランド Gotland を与えよう。次男はグライプル Graipr, 三男はグンフィアウン Gunfiaun と名づけよう。のちに、夫婦はゴットランドを三つに分けて、北の三分の一は長男のグライプルに、次男のグティは中央の三分の一を、三男のグンフィアウンは一番南の部分をもらった。

　この三人から大勢の子孫が生まれ、この国だけでは食べてゆけなくなった。そこで、くじを引いて、三人のうち一人は、持てるだけ全部を持って、国を去ることになった。誰も去りたくはなかったが、トルスブルグ Torsburg（トールの町）に来た。しかしその町は移住者を望まなかったので、フォロー Fårö（羊島）に行って定住した。しかし、そこでも十分に食べられなくなったとき、エストランド Estland（エストニア）のダゴー Dagö（昼島）に移住して、城を建てた。それはいまでも見ることができる。しかし、そこでも食べてゆけなくなったので、デュナ Düna（ドナウ）という川をさかのぼり、ロシアを通ってギリシアに来た。そこで、ギリシアの王に、月が満ちる時から欠ける時まで住まわせてくださいと頼んだ。

　ギリシア王は、それは一か月の間だろうと思ったので、許可した。一か月が過ぎたとき、王は移住者を追い出そうとしたが、彼らは、満月から新月までということは、いつまでも、という意味ですよ、と答えた。ギリシアの王妃も、それは、この人たちの言う通りです、と言ったので、彼らはそこに定住し、そこの言葉（ギリシア語）も少し学んだ。

彼らは長い間、異教の神々と習慣を守り、自分の息子、娘、家畜を食事とビールと一緒に「生贄(いけにえ)」に供えた。彼らは人間が最高の「生贄」と信じていたのである。しかし、小さな共同体は人間の代わりに家畜、食事、ビールを供えた。(Friedrich Ranke & Dietrich Hofmann, Altnordisches Elementarbuch. Sammlung Göschen, Berlin 1967)

Greek（ギリシア語）といったら、古典ギリシア語を指す。ところが、ラテン語とイタリア語は、土地も2000年の歴史も同じだと思うが、呼び方が異なる。私が1998年、四谷の大学書林国際語学アカデミーで現代ギリシア語の授業（講師は外務省の宗本豊重先生）を受講していたとき、若い女性が間違って、古川晴風先生の4万5千円もする大きな『ギリシャ語辞典』（大学書林1989）を買ってしまった。若い世代は気軽にギリシアに旅行するので、現代ギリシア語と勘違いしたのも無理はない。川原拓雄『現代ギリシア語辞典』（リーベル出版、2004³）という便利な辞書が出ている。「花」は古典ギリシア語ánthos（アントス, cf.anthology）だが、現代ギリシア語はlouloúdi [lulúði]という。「バラ」は古典ギリシア語rhódon（ロドン、roseの語源）だが、現代ギリシア語はtriantáphullo [triandáfilo]（30枚の花びらの）という。「花」という単語が省略された形である。

Grenzsignal（boundary, juncture, 境界記号）英a name と an aim；that stuff（あの材料）と that's tough（こいつはきつい）は、それぞれ切れ目により意味が区別される。boat race（電車の広告）と boa trace（大ヘビの足跡）も同様。ド einer Eiche 'of an oak' と eine reiche 'a rich (lady)'；フ je la prends 'I take it' と je l'apprends 'I learn it'

Gypsy（ジプシー）流浪の民として知られるジプシーの総人口は700〜800万人と推定され、その半分はヨーロッパに住み、さらに、その3分の2が東ヨーロッパに集中している。今日のクルド人と同様、いまだに祖国をもたぬ彼らは、紀元1000年ごろ、インド西北部から、よりよい土地を求めて移動を始め、アルメニア、トルコ、ギリシア、ルーマニア、ハンガリーに入り込ん

だ。ジプシーの名称は、英国人がエジプト起源（Egyptian）と考えたためである。ドイツ語ではZigeunerツィゴイナー、フランス語ではtsiganeツィガーヌという。ジプシーを扱った作品に、セルバンテスの『ジプシーの少女』、メリメの『カルメン』、プーシキンの詩『ジプシー』などがある。下宮『アグネーテと人魚、ジプシー語案内ほか』近代文藝社2011.

Haiku（俳句40句ほど）5-7-5 in Japanese, partly also in English

　小林英夫（1903-1978）が『言語と文体』（三省堂、1937）の中で、第7章「詩集：感傷時代」（p.379-502, 1926.9.24）を載せている。「私は15，6のころから作り始めた百数十編の詩と、いろいろの外国語から訳した詩を「こほろぎ」、「自画像」、「小鳥の詩」と題して秘かに蔵していた」と記している。その一つ「園江さん、園江さん、私はいくたびあなたに涙をふり絞った手紙を差し上げたことでせう。けれど、御返事は絶えてありませんでした。」

　2010年、パトロール仲間に俳句作りがいたので、私（下宮）も始めた。ここに40個ほどを制作順に掲げる。英・独・仏を併記したものもある。

1. A fróg and wíl-low　　　　　5　（訳）蛙と柳
   af-fórds a béau-ti-fúl theme　7　俳句には
   for máking háiku.（2014）　　5　よい題だ。

   私の部屋のすだれの模様から作った。以下、欧語の場合、弱強は省略する。

2. 以下、スペースの都合で、5-7-5の三行組みをやめて、1行組に書いて、コンマを打つことにする。次は新宿の大久保日本語学校の掲示板より。

   寒いねえ、ラーメンたべて、寝ようかな。

   It's cold, I'll eat rahmen and go to bed.

3. サヘルさん、日本人より、じょうずだね。

   Miss Sahel, you speak better Japanese, than we do.

　サヘル・ローズ（1985-）はクルディスタン生まれ、8歳のとき、孤児となって来日、養母は自分の食事も節約して私を育ててくれた。自宅に養母と一緒に120種類のバラに囲まれて住む。バラはイランの国花。イランは詩人の国で

ある。14世紀の詩人ハーフィズ Hāfiz の詩を読んで、ゲーテは『西東詩集』 West-östlicher Divan（1819）を書いた。ゲーテ自身の詳細な解説がある。

4. 森の水、おこめ育てて、魚生む。

   Forest water brings rice and fish.

   ［注］東日本大震災のとき、岩手県がテレビに出た。

5. 初雪が、屋根に垣根に、ふりしきる。

   ［注］初雪から、最初に、フランス語が出た。高校2年のとき、ノエル・ヌエット Noël Nouet の詩集『眠れる蝶』Les papillons endormis が出た。

   La première neige tombe/ sur le toit, sur le jardin/ et dans ma fenêtre. (5-7-5)

   Der erste Schnee fällt/ im Februar auf dem Dach/ und auf den Bäumen.

   The first snow's falling/ on the roofs and hedges/ in flakes without sound.

6. ビール飲み、汗を流して、心地よい。Beer cools sweat off nicely.

7. ウクライナ、イーユー（EU）にかじきる、ティモシェンコ。2014

8. No sky in Tokyo/ said Chieko, but the sky's/ blue in Shinjuku. 東京に空はない、と智恵子は言ったが、新宿の空は晴れている。

9. 俳句こそ、まさにことばの、宝石だ。

10. バタールが、ふっくら大きく、なりました。（近所のパン屋さん）

11. 爆買いは、日本の品の、よい証拠。2015

12. 初夢を、今年は見るぞ、と誓ったが。

13. キャロライン、いつもにこにこ、嬉しそう。

    Carolyne Kennedy（55歳）、John F. Kennedy の長女。

    2013年9月、駐日アメリカ大使、2017年1月20日、トランプ大統領に政権交代したため、日本人に惜しまれながら、帰国せねばならなかった。

14. 一月に、庭におりたよ、初雪が。2017

    I saw the first snow/ on January morning/ in my little garden.

15. ラマダンだ、殺しはやめろ、アイエスよ。2017

It is Ramadan/ stop killing innocent people/ You Islamic State.

16. オバマさん、がんばったのに、かわいそう。2014

It's a pity, Mr. Obama, after you did your best.

17. ふたごちゃん、今日もなかよく、新学期。

かわいいね、桜の下の、ふたごちゃん。

クリスマス、ケーキを作る、ふたごちゃん。

ふたごちゃん、二人そろって、中学生。

［注］パトロールで、いつも見かけたふたご姉妹を読んだ俳句。

18. スリーエフ、フジコフジオと、同じだよ。2015

［注］スリーエフはfood, family, friendlyの略で、近所にあるコンビニ。パトロールの集合場所。藤子・F・不二雄（1933-1996）も F.F.F.

19. 何でも屋、何でもできる、小さな手。

「何でも屋」をオランダ語でmanusje-van-alles「すべての小さな手」という（Jan de Vries）。manusje（ラテン語manus「手」に指小辞je）、van「の」、alles「すべて」オランダ語はドイツ語以上に指小辞をよく用いる。

20. 真夜中に、起きて学んだ、オランダ語。2016

［注］このころ、『オランダ語入門』（2017）を書いていた。

21. 麻衣ちゃんが、読むときれいな、物語。（英語教室の生徒）

里咲ちゃんが、いつも熱心、英語の日。（英語教室の生徒）

22. 新聞を、よくも出したり、300号。

［注］花巻、ウラオモテ2頁、手書き、もと郵便局長、89歳、2013.9.28.

23. 桜見ず、妻は亡くなり、かわいそう。Wife died without seeing sakura.

藤の花、満開ですよと、妻に言い。The wisteria is in full bloom.

新聞を、10分で読む、春の朝。I read the newspaper in ten minutes.

パトロール、今日で終わりだ、夏休み。Patrolling is finished today.

［注］『所沢文芸』（2018）に採用されたもの。最初の2句は妻・由美子

（1943-2017）の死を追悼して。

24. さようなら、早川先生、ありがとう。Thank you, Mr.Hayakawa.

[注] 学習院大学文学部長（当時）早川東三先生（1929-2017）が1975年に私を弘前大学から呼んでくれた。先生のお別れ会が2017年12月17日（日）学習院百周年記念講堂で開催され、先生ゆかりの100名ほどが参集し、顕彰と思い出が語られた。

25. おいしいな、ガストの食事、また来たよ。

It was nice and fine/ to eat and drink at Gusto/ We came here again. 2018

[注] ガスト（Gast）はドイツ語で「お客」の意味だが、なぜドイツ語なんだと、いぶかっていたら、スペイン語gusto（グスト、味）だったんだ。けしからん、何もかも英語読みしやがって。動詞gusta（グスタ）は「おいしい」の意味。

26. なんだろう、しあわせ未満って、ちょっといいの？（太田裕美, 1974）

Not fully happy, means you're a little happy? You're being happy?

27. 渡良瀬の、渓谷鉄道、楽しかった（2018）Watarase Glen/ Railway runs in a truck car/ through dales and torrents.

28. 子育ては、おわりなき旅、とラジオが。

Bringing up children/ is an endless journey says/ one o'er the radio.

29. 金子さん、ひさしぶりだね、うれしいよ。（弘前大学での同僚）

Mister Kaneko/ How are you, it's a long time/ I'm glad to see you.

30. すずらんの、明日萌駅は、雪だった。2018

I came to see you/ Oh, my Suzuran station/ I find you snowy. [注]「すずらん」は1999年4月から9月までNHK朝のドラマで放映された。北海道留萌線恵比島駅を舞台に、主人公萌の生涯を描いている。萌は1922年生まれ、生後2か月、1923年1月12日、恵比島駅（作品では明日萌駅）に捨てられていたが、駅長に大事に育てられ、立派な女性に成長した。原作：清水有生、主演：橋爪功、柊瑠美、遠野凪子、倍賞千恵子。

31. 北大の、宮原文庫、訪れた。I paid a visit／ to Miyahara Bunko／ to see Nordic books. 2018.1.22.

　　［注］北海道大学図書館に宮原晃一郎の図書715点が収蔵されている。宮原晃一郎（1882-1945）は小樽新聞記者時代に、毎晩、北海道大学図書館にかよって、ランゲンシャイトの『デンマーク語・ドイツ語辞典』をひきながらデンマーク語を学習した。

32. あたたかい、心ほかほか、あなたの手。

　　How warm your hands are!

　　Your hands make my heart warm too.

　　Happy to see you.

33. そと見えぬ、津軽海峡、冬景色。2018.1.12.

　　One can't see outside

　　the winter scenery of

　　the Tsugaru Strait.

　　　石川さゆり（2019年紫綬褒章, 61歳）の津軽海峡冬景色は、その後、トンネルが出来たため、見えなくなった。

34. 朝3時　　　　　　　　　At three o'clock in the morning

　　台所でコトリ　　　　　it sounds kotori

　　音がする　　　　　　　in the kitchen.

　　由美子が静かに　　　　Yumiko was sitting

　　すわっていた。　　　　quietly.　2017.11.1.

35. 札幌から　　　　　　　From Sapporo on

　　旭川まで　　　　　　　up to Asahikawa,

　　銀世界。　　　　　　　'twas a silver world. 2018.1.24.

36. 類推は、体系を強制することなり。Analogie ist Systemzwang.

　　［注］体系強制（Systemzwang）は、例外的な形が規則的な形にかわることである。英語の例：cow（牛）の複数は、古くはkine［発音kain］であっ

たが、規則的な複数形cowsになった。日本語の例：友人<u>たち</u>、市民<u>たち</u>、のように、「たち」は人間について用いられるが、品物にも用いられる。おいしそうなリンゴ<u>たち</u>、ナシ<u>たち</u>が店頭に並んでいます。空港のベルトの上を大きな荷物<u>たち</u>が、どんどん運ばれていった。

37. この地球、猛暑洪水、怒っている。2018

    Heat and flood is caused by the angry earth.

38. パラパラ、パラリパラリ、チョロチョロ、チャリンチャリン、カサカサ、カサコソカサコソ…何の音？　コンビニで買った100円のお菓子をビンにあけるときの音だよ。**オノマトペ**には三つの段階（three steps to lexicalization）がある（下宮、学習院大学言語共同研究所紀要13, 1990）。

第一段階：自然音に近い。suya-suya-suya, z-z-z（静かに眠っている音）、guu-guu-guu, Z-Z-Z（グーグー眠っている音）。

第二段階：すこしお化粧をほどこしている。crack! ポキン；clip-clop! カランコロン。

第三段階：たっぷりお化粧をほどこしている。ホトトギス（フジョキキョと聞こえることから漢字で不如帰と書く）、エowl, ドEule, フhibou, エbustle, hustle.

　ホトトギスは鳴き声がフジョキキョと聞こえるそうだ。その音から鳥がホトトギスという名称を得たそうだ。徳冨蘆花（1868-1927）の『不如帰』（ホトトギス The cuckoo, 1899）がフランス語に訳され、そこからブルガリアに紹介された。主人公浪子は理想の結婚をしたが、「ああ、つらい、もう婦人なんぞに生まれはしません」と女性の苦しさを訴えた。これを歌った雨のブルース（Blues in the rain）、雨よ、降れ、降れ、悩みを流すまで…Rain, rain, go, go, till you wash away my suffering…の淡谷のり子（1907-1999）は、1977年、70歳のとき、ブルガリアに招待されて、大歓迎を受けた。

39. 戦中の、ブラックアウトは、灯火管制（1944-45）

    Blackout meant light control during the war.

アメリカ軍の飛行機に爆撃されないように、夜は真っ暗にしたものだ。北海道のブラックアウトは、全停電を指した。2018年9月7日、北海道の胆振地震で北海道全所帯が停電。冷蔵できないため、酪農家が牛乳25トンも廃棄せねばならなかった。Blackout in Hokkaido meant no light throughout Hokkaido. (due to the earthquake)

40.　月見草、月から見れば、地球見草。古田足日の小説『ガラスの町』(1967)　月見草 evening primrose；地球見草 primrose growing on the moon.

Haiku, 2（by Herman van Rompuy, Gent, 2013[2]）94頁。著者ファン・ロンパイは1947年ブリュッセル生まれ、ベルギー首相（2008-2009）、EU大統領（2010-2014）。「俳句集2」は春、夏、秋、冬、世界、仲間のテーマで32の俳句からなり、ベルギー人が英語、ドイツ語、フランス語、日本語に訳している。名前の語源：Rompuy（ロンパイ）＜ruim 広い、puy 道。

　　英語訳と日本語訳は、あまり上出来とは言えない。二つほど掲げる。

　　De boomgaard in bloei/ telkenjare herboren. / Ik groet de bloemen.
英語 The orchard in bloom/ reborn every year again. / I salute its blossoms. 3行目は I greet にすれば5音節になる（salute では6音節）。その日本語「来る年や、満開の苑、花を愛づ」の5-7-5 はよいが、古語くさい。私なら「果樹園に、今年も咲いた、春の花」と訳す。

　　De regen vergeelt/ en verteert de bladeren. / Zo helpt hij de herfst.
英語 The rain yellows/ and eats away the leaves. / Thus helping autumn. 4-6-5.
yellow の動詞はいただきかねる。Thus helping は Thus it helps ならよい。　私は Rain makes leaves yellow/ and gradually makes them red,/thus helping autumn. 5-7-5 と作る。日本語訳「落ち葉色、褪めて消えゆく、時雨かな」は古くさい。私なら「雨が降り、木の葉は黄ばみ、秋深し」と書く。

Heidi's Village（ハイジの村）旧称・山梨フラワーガーデンに2005年設立。中央線韮崎駅からバスで20分。園内には3000種類のバラが咲き誇り、デルフリ村発の園内列車が走っている。レストラン、バラの花の販売、「アルプスの

少女ハイジ」のビデオ室がある。一番の見所は「ハイジの小屋」で、中に入ることはできないが、入り口から十分に中を見ることができる。1階におじいさんのベッド、チーズ作りの台、2階にハイジのベッドがあり、窓は風の目（wind's eyeがwindowになった）の作りになっている。バスの停留所にクララの館があり、温泉がある。ハイジ関連のお菓子も販売している。

heterogloss［Marouzeauになし］異語。isogloss（等語）に対す。ゲルマン諸語の中で「イヌ」はドイツ語Hundがオランダ語、北欧諸語に共通しているが、英語だけdogで異なっている（同じ語源のhoundは「猟犬」）。このような単語を何と呼んだらよいか。私は1993年ポーランドのKrakówクラクフで開催されたヨーロッパ言語学会でheterogloss（異語）の用語を提唱した。同じロマンス語なのに、フランス語pomme（リンゴ）はスペイン語manzana, イタリア語melaと異なる。「リンゴ」は英語apple, ドイツ語Apfel, アイルランド語ubull, リトアニア語obuolŷs, ロシア語jábloko で、語派を超えて、等語（isogloss）が見られる。ラテン語habeōはイタリア語avere, フランス語avoir, ルーマニア語aveaだが、スペイン語tener, ポルトガル語ter（ともにラテン語teneōより）は異なる。これを私は異語と呼ぶ。

Hinterhof Europas［Marouzeau補足］ヨーロッパの裏庭。Gyula Décsy（1973）の用語。ヨーロッパのVorhof（表庭）と呼ばれるゲルマン諸語、ロマンス諸語では改新（innovation, Neuerung）に積極的であるのに対し、裏庭にあるスラヴ諸語・バルト諸語では改新に積極的でなく、保守的である（neuerungswidrig, konservativ）。冠詞、have＋過去分詞による完了形はゲルマン諸語、ロマンス諸語ではいち早く普及したが、スラヴ語、バルト語では普及していない。Décsy（1925-2008）はウラル語が専門で、Einführung in die finnisch-ugrische Sprachwissenschaft（Wiesbaden, 1965）の著書があり、ウラル語根辞典、印欧語根辞典なども書いている。

hybrid word［Marouzeau補足］混種語。英語bicycleのbiはラテン語だが、cycleはギリシア語。beauti-fulはフランス語＋英語、Snee-witt-chen白雪

姫は低地ドイツ語＋低地ドイツ語＋高地ドイツ語、intelligen(t)-tsijaは英語＋（語尾が）ロシア語。日本語：サラ金、ママさんバレー、コロナ禍。

hypercorrect［Marouzeau補足］過剰矯正。英語debt, doubtはフランス語dette, douteから借用したものだが、ラテン語debitum, dubitumにならって発音しないbを挿入した綴り字である。ドイツ語Natur（自然）を低地ドイツ語Nadurに訳すのは過剰矯正（p.90のMerkelを見よ）。

hypotaxe［Marouzeau補足］従属。mother and childとすれば併置（paratax）であるが、mother with childとすれば従属になる。He came and she went.とすれば併置であるが、When he came, she went.とすれば従属になる。

Ib og lille Christine（イブと幼いクリスチーネ；アンデルセン童話, 1855）

アンデルセンの童話は、結ばれぬ恋が多い。『人魚姫』は、その代表的なものだが、表題の「イブと幼いクリスチーネ」もその一つだ。

デンマークのユトランド半島の小さな村の話である。イブは小さな農家の一人息子で7歳。隣村のクリスチーネは一人娘で、6歳、小さいときに母親に死に別れ、小舟引き（boatman, デprammand）の父親と一緒に、ヒースの原野の小屋に住んでいた。二人は幼なじみで、将来は結婚するつもりでいた。イブが15歳になったとき、堅信礼を受け、父親と一緒に畑を耕し、冬は木靴を作っていた。クリスチーネは14歳になったとき、近くの町（ヘアニングHerning）の宿屋に奉公に出た。宿屋の夫婦はクリスチーネをわが子のように大事にした。1年後、休暇をもらって1日だけ里に帰って来たとき、彼女はすっかり美しい娘になっていた。イブは、くち下手だったが、彼女は流暢だった。小さいときのように、二人は手を握ったまま散歩したが、別れ際に、イブは「自分はどうしても彼女と結婚しなければならない」と悟った。二人は小さいときから、村人にいいなずけと呼ばれていた間柄だったから。

次の春、クリスチーネの父親は、久しぶりにイブとその母親を訪ねた（父親は亡くなっていた）。彼女の父親は、口ごもりながら、来訪の目的を告げ

た。娘は元気に勤めていること、宿屋の一人息子がコペンハーゲンの大きな会社に勤めていて、実家に帰ったとき、クリスチーネを見そめたこと、クリスチーネも相手を気に入っているということだった。二人の結婚に対して、先方の両親に異存はないが、問題はクリスチーネのほうにあった。いまでも

イブは7歳、クリスチーネは6歳。二人はいつも仲よく遊んでいた。クリスチーネの父は材木や穀物をグデノー川（Gudenå）で運ぶ仕事をしていた。成長して二人は結婚するはずだったが、奉公に出たクリスチーネには別の運命が待っていた…

自分を思っているイブのことを考えると、クリスチーネの胸は痛む、ということだった。これを聞いて、イブは真っ青になった（デンマーク語では「布のように白くなる」、ドイツ語では「テーブルクロスのように白くなる」、英語では「壁のように白くなる」、フランス語では「リンネルの下着のように白くなる」という）。クリスチーネの父親は、娘に何か書いてやってくださいませんか、と言って、帰っていった。

　その夜、イブは、手紙を何度も書き直した。そして、クリスチーネにあてて次の手紙を書いた。「お父さんあての、きみの手紙を読みました。お元気で、その上、さらに大きな幸運がおとずれていることを知りました。クリスチーネ、きみの心にたずねてごらん。ぼくと結婚したら、どんな運命がきみを待っているかを、よく考えてごらんなさい。ぼくの財産は、ごくわずかです。ぼくのことは考えずに、自分の幸福を考えなさい。きみはぼくとの約束でしばられているわけではない。もし、きみが心の中で、ぼくに約束していたのだったら、ぼくがそれを解いてあげよう。この世のすべての幸福がきみにそそがれますように。ぼくのことは、神さまが、いつかなぐさめてくれるでしょう。いつまでも、きみの誠実なイブより。」

　手紙を受け取ったクリスチーネは、安心して、結婚に踏み切った。夫の勤務しているコペンハーゲンで結婚式を挙げた。最初は幸福だった。娘も生まれた。その後、宿屋の両親は、相次いで亡くなり、数千リグスダラー（一応、数千万円と考えておく）の遺産が息子夫婦に転がり込んだ。

　それより前、むかし、二人が幼なじみの子供だったころ、森の中で道に迷ったことがあった。歩いても、歩いても、見慣れた道に出ることができない。すると、突然、背の高いジプシー女があらわれた。ジプシー女は人さらいという評判だったが、子供たちは、もちろん、そんなことは知らない。ジプシー女（デンマーク語ではタタール人という）は、ポケットから大きなクルミを三つ取り出して、「この願いのクルミ（wishing nuts）をあげよう」と言った。「このクルミは金の馬車が出るんだよ。」「じゃあ、わたしにちょうだ

い」とクリスチーネが言った。「これは美しいスカーフが10枚出るんだよ。」
「じゃあ、それもちょうだい」とクリスチーネが言った。最後に残った、見て
くれのわるいクルミは「一番いいものが出るんだよ」とジプシー女が言った
ので、イブはそれを受け取った。そうしているうちに、顔見知りの森番が通
りかかったので、子供たちは無事に家に帰ることができた。二人は、それぞ
れのクルミを大事にしまっておいた。

　クリスチーネのほうは、結婚して、まもなく、願いのクルミは、二つとも
実現した。莫大な遺産のお金を手にしたクリスチーネの夫は、固い勤めをや
めて、毎日、宴会に宴会をかさね、遊び過ごした。「どっと入ったお金は、出
て行くのも早い」（Lightly come, lightly go.）と、ことわざにもある。予言に
出た「金の馬車」は傾きはじめ、ついに転倒した。借金がふくらみ、夫は、
ある朝、お城の堀で死体になって発見された。

　イブがもらった三つ目のクルミは見てくれがわるく、幸運のクルミとは、
とても思えなかった。クリスチーネを忘れられずにいたイブは、まだ独身
だった。ある日、畑を耕していると、鍬（くわ）にカチンと金属があたった。
掘り出してみると、それは金の腕輪で、しかも、先史時代のものだった。村
長に相談すると、すぐにコペンハーゲンの博物館に連絡してくれた。イブは
自分でその宝物を博物館に届けることになり、生まれて初めて故郷をはなれ、
王さまの都コペンハーゲンに出た。

　イブは博物館で時価600リグスダラー（600万円）を受け取った。帰り道、
コペンハーゲンからオールフス Aarhus 行きの汽船に乗るために、港に向かっ
て歩いていた。首都は広い。夕方、道に迷ったようだ。道をたずねようと
思ったが、広い道路には、人がいない。なおも歩いていると、薄暗い街燈の
下で泣きじゃくっている女の子がいる。どうしたの、と近づいてみると、む
かしのクリスチーネにそっくりではないか。彼女の手引きで、屋根裏にの
ぼってみると、その子の母親がベッドに苦しそうに横たわっていた。見ると、
まぎれもない、幼なじみのクリスチーネだった。「この子を一人残して死なな

ければならないと思うと、ふびんでなりません」と暗がりのなかで言ったの
が、最後の言葉になった。イブがマッチをすって、もえさしのロウソクに火
をともすと、彼女の目が大きく開いた。彼女のほうで気がついてくれただろ
うか。イブは、それを知るすべもなく、彼女は息が絶えた。翌日、イブはク
リスチーネを貧民墓地に葬り、その娘を連れてユトランドの故郷に帰った。
娘も幼いクリスチーネ Lille Christine（リレ・クリスチーネ）という名前だっ
た。小さいが、新しい木造家屋で、暖かく燃える暖炉の前で、幼いクリス
チーネをひざに乗せたイブは、しあわせだった。

　イブは大都会で、初恋のクリスチーネの変わり果てた姿に再会し、彼女と
引き換えに、その娘とめぐり合うのだが、物語に登場するクニッペルスブ
ロー（Knippelsbro, こん棒橋）やクリスチャンスハウン（クリスチャン王の港）
が、実際にあるのだろうか。コペンハーゲン市街図を見ると、たしかに、両方
ともあった。コペンハーゲン中央駅から東に10分ほど歩くと、クニッペルス
ブローがある。むかしは、こん棒を組み合わせて作ったので、この名が残っ
ているのだろうが、いまでは、立派な鉄筋の橋桁と車の通れる舗装道路に
なっている。プレートに「1990-91年、コペンハーゲン港湾局の委嘱を受けて、
建築士イェンセン（C.J.Jensen）が修復した」とある。すこし川下にはランゲ
ブロー（長い橋）が見える。このあたりには「アジア広場」とか「古い波止
場」の名前が見えるから、むかしは貧民街だったのだろう。「アジア広場」に
は、いまは、外務省の立派なビルが建っていた。

　アンデルセンは自分の童話について、制作の事情を記しているものもある
が、この作品については、何の注釈も書いていない。

　アンデルセンの初恋は25歳のとき、相手は24歳のリボア・フォークト
（Riborg Voigt, 1806-1883）という女性だったが、彼女には婚約者がいたので、
恋は実らなかった。この体験から童話「コマとマリ（婚約者たち）」（1843）
が作られた。彼女は褐色のひとみをしていた。

　第二の恋は「人魚姫」（1837）を生んだルイーズ・コリーン（Louise Collin,

1813-1898）だった。ルイーズはアンデルセンの恩人で国王の枢密顧問官だったヨナス・コリーン（1776-1861）の末娘で、彼女は青いひとみをしていた。褐色のひとみと青いひとみは、アンデルセンのone chapterをなしている。「捧げても、捧げても、報いられぬ恋の苦しみ」を人魚姫に託したのだ。

　アンデルセンの最後の恋は、崇拝の念をもって愛を捧げたスウェーデンの歌姫イェンニー・リンド（Jenny Lind, 1820-1887）だった。彼女はスウェーデンのナイチンゲールと呼ばれ、その美しい歌声は北欧、ドイツ、イギリス、パリ、ウィーンからヨーロッパ全土に、そしてアメリカにも鳴り響いた。「ナイチンゲール」（1843）は彼女に捧げた作品である。中国の皇帝が、本物のナイチンゲールと、日本の皇帝から贈られたオモチャのナイチンゲールの両方を手に入れるのだが、どちらがすぐれているか、を問う話である。

　アンデルセン童話には、多かれ少なかれ、彼自身が投影されているのだが、「イブと幼いクリスチーネ」のイブも、アンデルセン自身であるような気がする。（『言語』2001年9月：ドイツ語とその周辺、2003）

Iceland（アイスランド：人口32万）はエッダとサガという西欧でもめずらしい文学を生んだ。ヨーロッパの中世はキリスト教文学が中心だった。エッダは北欧神話の集成であり、サガは散文文学である。西暦874年にノルウェーから移住民が住むようになり、930年にヨーロッパで初の国民会議が開催された。（下宮『エッダとサガの言語への案内』2017）

Icelandic folktale（アイスランド民話）アザラシの皮。ヨーロッパの北の果ての島、それは氷の島の意味ですが、そこに若い漁師が住んでいました。ある日、洞穴にアザラシの皮を見つけたので、それを家に持ち帰りました。その晩、一人の美しい少女が漁師を訪ねました。彼女は、アザラシが陸にいるときの姿だったのです。二人は結婚して、子供が大勢生まれ、楽しく暮らしました。何年もたったある日、夫が留守のときに、妻は隠してあった自分のアザラシの皮を見つけて、急に故郷が恋しくなり、それを着て、海に帰ってしまいました。「あたしはとても嬉しいけれど、とても悲しい。海の中

にも子供が7人いるし、陸の上にも子供が7人いる」と海から歌いました。それからは、漁師は魚がたくさんとれて、裕福に暮らしたということです。

（下宮『世界の言語と国のハンドブック』大学書林2001³）

ido ＝（イド）はEsperantoの子孫Esperantidoの意味で、L. de Beaumontが1908年に創造した人工語。以下の例で括弧内はエスペラント語である。patro (patro), matro (patrino), bona (bona), mala (malbona), bela (bela), leda (malbela), granda (granda), mikra (malgranda), homi (homoj), ed, e (kai). 上記の例からidoのほうがすぐれている点を3つあげる。

(1) matro 母，(2) mala わるい，(3) bela 美しい，(4) leda 醜い，(5) mikra 小さい，(6) そしてed（またはe）。(1) エスペラントは語彙を制限しすぎて、無理が生じている。(2)(3) 反意語をmal-で表わしているが、行き過ぎが多い。(4) homoj（人、複数）よりもhomiほうが軽くてよい。(6) kaiはギリシア語だが、接続詞としては長過ぎる。ラテン系のeのほうがよい。

implicit ［Marouzeau補足］内示的。explicit（外示的）に対す。luckはgood luckもbad luckもあるが、luckyはgood luckである。fortuneはgoodもbadもあるが、形容詞fortunateはgoodを指す。When are you coming? Tomorrow.（いつ来るんだ？　あす行くよ）においてはI'm comingがimplicitである。

inessif ［Marouzeau補足］内格。フィンランド語は格が15もある。talo-ssa 家の中で，Tokyo-ssa東京で，Helsingi-ssäヘルシンキで。英語、ドイツ語、フランス語では前置詞で、フィンランド語、ハンガリー語、トルコ語では格語尾で表し、日本語では後置詞で表す。

infinitif ［Marouzeau補足］不定詞。サンスクリット語dātum, kartum, gantum（＜*gam-tum）, bhavitum 'geben, machen, gehen, sein' (Mayrhofer, p.63), ラテン語不定法未来datum īrī, 古代教会スラヴ語datŭ, datĭ, ロシア語dat'(ダーチ)；英語the work to do ＝オランダ語het te maken werk, the books to buy=de te kopen boeken, two letters to write= twee te schrijven brieven.

infinitif futur ［Marouzeau補足］不定法未来。ラテン語amāre（不定法現

在)、amāvisse（不定法完了）、amātūrum esse（不定法未来）のうちの三番目が不定法未来である。現代語は普通これがないが、オランダ語にはある。Hij beloofde te zullen komen.＝ラテン語prōmīsit ventūrum esse. 彼は来るだろうと約束した。Hij belooft dat werk vóór vrijdag afgemaakt te zullen hebben. = He promises to finish the work before Friday.

inflexion（変母音、フランス語）母音が変わるとき、二つの場合がある。

1. 変母音（英語mutation, ドイツ語Umlaut）

名詞の複数：man → men, foot → feet, child → children；ドBuch本 → Bücher

名詞が動詞になる場合：breath [breθ] → breathe [briːð]

自動詞が他動詞になる場合：sit坐っている → set坐らせる、置く

　　ドTag「日」→ täglich「毎日の」；tragen「運ぶ」→ er trägt彼は運ぶ

2. 母音交替（英語vowel gradation, ドAblaut, フapophonie）

強変化動詞の三基本形：sing, sang, sung, ドsingen, sang, gesungen

動詞 → 名詞sing → songのような場合にも起る。ドsingen → Gesang歌

bind → band, bundle；bind → bond　束　縛（Somerset Maugham：Of Human Bondage 人間の絆）；drip → drop も同様である。

iotacisme［Marouzeau補足］iを好む傾向（この用語をBonfanteから知った）。Romaがロシア語でRimになるようにiotaが好まれる。特にウクライナ語に多い：stil机（ロstol）。古典ギリシア語から現代ギリシア語に移る過程にも起こった：oinos ['inos] ワイン, hupnos ['ipnos] 眠り。

italien［Marouzeau補足］小林英夫の愛したイタリア語。小林英夫はロマンス諸語に通じていて、中でも、特にイタリア語は愛した言語であった。京城帝国大学（ソウル）では言語学とギリシア語助教授だった。彼が所有していたイタリア語の辞書はitaliano-italianoが10冊、italiano-francese-italianoが11-16, italiano-inglese-italianoが17-25, italiano-tedesco-italianoが26-27, 文法辞典28-33, Zingarelli, 8版1957（xvi, 1786pp.）だった。

　　ポルトガル民族叙事詩Os Lusíadas（1572）はLuís de Camões（カモンイス

＜Camanoは村の名）がインドへの道を発見したポルトガル人の偉業を歌った
もので、小林英夫は早くから翻訳を計画していたのだが、のちに共訳者を得
て、小林英夫・池上岑夫・岡村多希子訳『ウズ・ルジアダス（ルシアタニア
の人びと）』として1978年12月に岩波書店から出た。校正を終わり、訳者あ
とがきを書くことができたが、小林英夫は出版の2か月前に亡くなった。
LusitaniaはPortugalのラテン名である。日本ポルトガル協会・在日ポルトガ
ル大使館編『カモンイス：ウス・ルジアダス』出版400年記念1972, xxiii, 91pp.
2,500円があり、伊沢実、アルマンド・マルチンス、谷口勇、新村猛の紹介、
本文の抜粋（Canto 1, 3, 4, 5, 6, 9, 10）がある。第1歌は「われは歌わん、その
軍功と輝ける勇士どもを。ルジタニアの西なる海岸を越え、いまだ人の渡る
ことなかりし海洋を越え、この偉業を成し遂げたり」とある。

Izui Hisanosuke 泉井久之助（1905-1983）

　泉井久之助先生生誕百年記念会報告（『言語』2006年3月、大修館書店）

　『世界の言語』『史的言語学における比較の方法』『ゲルマーニア』『ヨー
ロッパの言語』『フンボルト』『マライ・ポリネシア諸語』『アエネーイス』な
どの翻訳・著書で知られ、京都言語学派を築いた泉井久之助先生（1905-1983）
の生誕百年記念会が2005年9月11日京都大学会館で開催され、先生ゆかりの
80名の方々が参加した。先生は新村出の後任の言語学教授として多くの俊英
を育て、京都大学名誉教授、京都産業大学名誉教授、1977・1978年度日本言
語学会会長であった。

　記念会は総合司会・矢島猷三氏（愛知県立大学名誉教授）により、実行委
員長・吉田金彦氏（姫路獨協大学名誉教授）の挨拶、泉井先生未亡人のご挨
拶、特別講演・堀井令以知氏（関西外国語大学教授）の「言語学者泉井久之
助博士を偲ぶ」があり、泉井先生の人と業績が親しく紹介された。講演「泉
井久之助先生と言語学」は清瀬義三郎則府博士（ハワイ大学名誉教授）の司
会で、次の五つの講演がなされた（敬称・所属略）。杉藤美代子「生涯を決め
た師のひと言―音声言語の研究50年」、山口巖「泉井先生の遺されたもの」、

下宮忠雄「泉井先生と世界の言語」、松本克己「西洋古典学と言語学」、小泉保「格の研究について」。いずれも泉井先生への学恩に感謝する内容である。

　参加者全員に『泉井久之助博士著書論文目録』（80頁）が配布された。これは著書・論文・翻訳・書評・解説369点、随筆・報告75点、計444点を含む詳細なもので、京都大学名誉教授・山口巌氏と京都大学助手・李長波氏の作成になる。さらに、泉井久之助先生生誕百年記念出版『南魚屋・古典と現代』（山口巌編、ゆまに書房、2005年、405頁）が泉井先生ご遺族のご好意により、参加者全員に贈られた。『南魚屋』（1948）は戦前三度にわたる南洋群島におけるフィールドワークの成果で、トラック諸島、マリアナ諸島の風俗、チャモロ語など七つの論文からなる。『古典と現代』は敗戦後の悲痛な時代に西洋古典を読むことに慰めを見出したものである。

　白水社創立90周年（2005）を記念して、泉井先生の『ラテン語広文典』（初版1952）が限定出版された。ラテン語は泉井先生が征服した多くの言語のうちでも、とりわけ深い愛情をもって研究した言語である。先生はフンボルトのことを「神経質なほどギリシア語に通じている」と書いているが、先生自身もラテン語とギリシア語に関しては、単語の一つ一つの機微にわたり、専門家以上に通じていたように思われる。泉井先生は『ヨーロッパの言語』（岩波新書, 1968）の中で、全欧の精神的支柱となっているラテン語とギリシア語を中心に、少数言語バスク語、ジプシー語、ケルト語、バルト諸語にも深い考察を加えている。

　メイエ・コーアン編の『世界の言語』（初版1924の翻訳、朝日新聞社、1954）は専門家14名の分担翻訳であるが、先生は、すべての語族について研究の現状と文献の補遺を行っており、その該博さに圧倒される。印欧語族の次に深く研究したのはマライ・ポリネシア諸語で、その成果は市河三喜・服部四郎編『世界言語概説』下巻（研究社、1955）に見られる。

　泉井先生のもう一つの独壇場はフンボルト研究で、あのベルリンアカデミー版全集17巻を半年で通読したというから驚く。小林英夫がソシュールの

翻訳とその内容に肉迫したとすれば、泉井先生はフンボルトの真髄に肉迫したといえよう。先生の『フンボルト』（西哲叢書、1938）が出たとき、先生は33歳であった。先生の卒業論文「印欧語におけるインフィニティヴの発達」（1927）は70頁あまりの論文であるが、将来の発展を十分に約束しているように見える。タキトゥスの『ゲルマーニア』の翻訳は学生時代に始められ、後に岩波文庫に入れられた。24歳のときに早くもパリ言語学会会員になったことに、メイエを初めとするフランス言語学界への思い入れが偲ばれる。

　講演のあとの懇親会では、井上和子氏（1919-2017, 神田外語大学名誉教授；第13回国際言語学者会議事務局長；A Study of Japanese Syntax, Michigan Ph.D.1964の著者, 本はThe Hague, Mouton, 1969）の乾杯とミシガン大学での泉井先生との交流が紹介された。そのあと、江口一久氏（国立民族学博物館名誉教授、民族言語学）のエピソード「泉井先生は原書を斜めに読んで、本の中身を迅速かつ正確につかむ技術を会得しておられた」が紹介された（言語2006年3月号）。

　以下は私の講演である（以下「です」調を「である」調に改める）。

［要旨］1. 泉井先生との最初の接点（1975）；2. Meillet-Cohen『世界の言語』、『ヨーロッパの言語』1968、泉井先生の卒論（1927）；3. 小林英夫との関係；4. ソシュールの小林（翻訳と内容への肉迫）とフンボルトの泉井（真髄への肉迫）；5. 服部四郎・高津春繁・泉井久之助・小林英夫；6. Antoine Meillet（Saussureの教え子；泉井先生の師through books）；7. 新時代の日本言語学会と服部四郎・泉井久之助；8. 先生の書斎目録を見たい（cf. Catalogue of the Library of Sanki Ichikawa, 1924）；9. 泉井久之助in Oslo（1957）and in Bucharest（1967）；10.「偉大なる師よ、あなたの名が何世紀にもわたって生き続けますように」

1. 泉井先生と私の最初の接点は1975年10月、日本言語学会大会のときだった。大会が京都産業大学で泉井先生を大会運営委員長として開催されたとき私を公開講演に呼んでくれた。これは駆け出しの私にとっては、非常に名誉

なことだった。先生の講演「フンボルトについて」のあと、私は「バスク語・コーカサス語と一般言語学」という題で講演した。このテーマはオーストリアのグラーツ大学のフーゴー・シュハートHugo Schuchardt（1842-1927）の「バスク語と一般言語学」（1925）をもじったものだった。泉井先生は、世界のあらゆる言語に関心を寄せておられたので、偶然、私のことが目にとまったのだと思う（私の『バスク語入門』大修館書店が出たのは1979年；先生は2頁にわたる懇切な序文を寄せてくださった）。バスク語とコーカサス語の共通点は能格（ergative）と二十進法（vigesimal system）、動詞の多人称性（polypersonalism）である。これらは構造的特徴で、語彙の共通はない。多人称性は主語、与格、対格が動詞の中に表現されることである。

　泉井先生は、どの言語についても、単語の一つ一つの機微にわたり、専門家以上の炯眼をもっておられた。先生は、何よりもまず、Indogermanistであった。Meilletの『印欧語比較文法入門』は3冊も読みつぶし、いま4冊目を読んでいる、と書いていた。ヒッタイト語には最後まで関心を失わず、生前最後の論文もヒッタイト語に関するものであった。先生は日本における印欧語学者の育成にも心をくばり、1979年に日本印欧学研究者専門会議（Society of Indo-Europeanists of Japan）を立ち上げた。言語学者としての先生の関心は印欧語族に限らず、Trubetzkoyの音韻論にもいち早く関心を抱き、「音韻はいかに記述すべきか」などを翻訳紹介し（1936, 1937）、また、トムセンのオルホン碑文解読（1893）に関連して『言語研究』の創刊号（1939）に「突厥語の数詞の組織について」を発表している。

2. 表題の『世界の言語』はMeillet-Cohen編集のLes langues du monde（1924）の翻訳（朝日新聞社、1954）と1968年の岩波新書『ヨーロッパの言語』を指しているが、いま改めて『ヨーロッパの言語』を読み返してみると、先生があまりにも詳しくご存じなので、これ以上読み続けるのが恐ろしいほどだ。先生が印欧語族以外で最も深く研究した「マライ・ポリネシア諸語」（市河三喜・服部四郎共編『世界言語概説』下巻、研究社、1955）もここ

に入る。そこでの参考文献はフンボルトのKawi-Werkに触れながら、余人にはとても及ばぬ筆致で書かれている。Meillet-Cohenの日本語訳に着手したのは、訳序によると、先生が36歳のときで、その文章は格調高く、味わい深い。それによると、昭和20年（1945）に本書の前半は印刷を完了し、昭和20年3月には製本を開始したが、3月14日未明、大阪は大空襲に見舞われ、本書の前半は紙型とともに焼けた、とある。そして、再度、取り組んで、1954年に完成したのだった。この本の中で、先生は、すべての語族について、付記（addenda）として、その概略を述べ、文献の追加を行い、最後に補遺と再補を書いている。まさに、この部分こそ先生の該博ぶりを如実に示している。泉井先生の卒論は「印欧語におけるinfinitiveの発達」（1927年12月；印刷は『言語学論攷』敞文館、大阪、1944、2000部発行、543頁のうちのp.309-380）であるが、そこには将来の発展の芽生えが、すでに十分に見受けられる。そこに引用された文献を一瞥するのも楽しい。それらの文献は、前任者である新村出の時代からあったものもあり、泉井先生が集めたものも多数あったろう。日本では卒業論文と博士論文が同じような分野である場合が多いが、泉井先生の博士論文は「東洋文庫本華夷訳語、百夷館雑字ならびに来文の解読」（1946）といい、非常に異なっている。インターネットのなかった時代においてさえ、泉井先生がいかに文献に通じていたかを示す一例をあげる。タスマニア語は、イギリス人の土人根絶政策により、1877年、最後の話し手を失った。その言語の文献として、ウィーンのWilhelm SchmidtのGrammatik und Lexikon der tasmanischen Sprachen（Utrecht, 1952）が出版されたと、メイエ・コーアン『世界の言語』の再補（1954）に記されている（書名は変更してDie tasmanischen Sprachen: Quellen, Gruppierungen, Grammatik, Wörterbücher. Utrecht-Anvers, Het Spectrum, 1952, 521pp.となった）。一方、『世界言語概説、下巻』（研究社、1955）では、服部四郎先生が「総論、世界の言語」の中で、Wilhelm SchmidtのGrammatik und Lexikon der tasmanischen Sprachenという著書が出版される予定であるという、と書いている。この分

野でも、泉井先生のほうが、新刊書の把握において着実であったことが分かる。文献を見逃さぬ緻密さの一例である。

3. 次に小林英夫との関係について述べる。泉井先生は小林英夫さんをつねに好敵手として意識していた。小林さんは泉井先生より2歳年長で1903年生まれ、1978年に亡くなった。ちょうど1978年9月に関西学院大学で日本言語学会の委員会が開催されたときに、小林先生は出席の返事を出していたが、そのあとで亡くなられたので、運営委員長の堀井さんの指示で、黙祷を捧げたものだ。小林さんは、ご存じのように、ソシュールの『一般言語学講義』の翻訳と文体論（これを小林さんは言語美学とか審美的言語学 linguistica estética と呼んでいる）で知られているが、同時にヨーロッパの言語学の潮流（currents）をいち早く日本に紹介したことでも有名だ。Karl Vossler, Benedetto Croce, Hjelmslev, Henri Frei, Holger Pedersen などなど。その論集『言語学方法論考』（三省堂、1935、金田一京助の序文がついている）の中で、ライデン大学の Jacques van Ginneken（ファン・ヒネケン）の遺伝学的傾向については、すでに畏友泉井久之助君の紹介がある、と記している。芸文第19巻、11号、1928年1月とあるので、泉井先生の卒業論文提出1927年12月の翌月にあたる。一方、泉井先生の「最近フランス言語学界の展望」（1937）には、ソシュールの『一般言語学講義』は小林英夫君によって訳出せられ…とある。書き物においては、おたがいに「君」で呼び、会話においては「さん」で呼び合っていたようである。『小林英夫著作全集全10巻』が1975年、みすず書房から出るに際して、泉井先生は次のような推薦文を書いた。「小林さんはソシュールの『一般言語学講義』をつねに尊重される。私は反対に、その『印欧語の原初母音体系論』にいつも大きい敬意を払ってきた…」と。小林英夫は国立大学の言語学教授という地位を享受することができなかったので、子飼いの弟子をもたず、つまり、全国組織をもたなかったので、日本言語学会会長にはならなかったが、早稲田大学を中心に、日本ロマンス語学会を1967年に創設し、この学会は会員数180名ほどだが、今日も健在である。

4. 小林英夫先生がソシュールの『一般言語学講義』の翻訳とその内容に肉迫
したとすれば、泉井先生はフンボルトの真髄に肉迫した、と言える。弘文堂
の西哲叢書の1巻として『フンボルト』を書いたとき、泉井先生は33歳だっ
た。その序文の中で先生はこう書いている。「この半年あまりの間に改めてフ
ンボルトの全集（17巻）を通読して、その業績と人となりの発展についてや
や詳しくうかがうことができた」と、事もなげに言っている。日本語でさえ
読むのは容易ではないだろうに。フンボルトはスペインのバスク地方に滞在
中、バスク語についても研究し、アーデルングの『ミトリダテース』の中で
バスク語の部分を執筆している。このようなことから、泉井先生はバスク語
にも早くから関心をいだき、『ヨーロッパの言語』の中でバスク語に1章をさ
いて解説している。1995年夏に私がベルリンのテーゲル湖（Tegelsee）のほ
とりにある Schloss Tegel を訪ねたとき、泉井先生の『フンボルト』も『言語
研究とフンボルト』（弘文堂、1976）も書棚になかったので、東京に帰ってか
ら、1976年版を送ったところ、Ulrich von Heinz 氏から礼状をいただいた。そ
の際、この書名と内容と泉井先生について簡単な紹介をドイツ語で書き記し
て、その本の扉に添付した。フンボルトには男女各4人の子供がいたが、その
うち3人は夭折したと、『フンボルト』（1938）にある。残る5人のうちでは第
三女のガブリエーレが一番栄えているとのことで、いまテーゲル湖畔のテー
ゲル邸（図書館）を管理している Ulrich von Heinz は、その子孫である。フン
ボルトの言語研究は、1. 教養としてのギリシア語・ラテン語、現代ヨーロッ
パ諸語から始まり、2. 異質の言語として、フランスとスペインの国境、ピレ
ネー山脈の麓に、印欧語民族の侵入以前から、今日も60万人に用いられるバ
スク語、3. それからアメリカ新大陸の言語（アメリカインディアンの言
語）、そして最後にサンスクリット語に、そしてその分派（Ausläufer）である
カーヴィ語にいたる。泉井先生の言語研究は1. 印欧語、2. それから南島諸
語、3. そして最後に印欧語に戻った。フンボルトの有名な Über die Verschie-
denheit des menschlichen Sprachbaues und ihren Einfluss auf die geistige En-

twickelung des Menschengeschlechts（ジャワ島におけるカーヴィ語研究序説、人間言語の多様性について）は、今日、法政大学出版局から亀山健吉氏による日本語訳が『フンボルトと言語精神』（1984）として出ている。ドイツ語原文はHildesheimのGeorg Olms社からDocumenta Semiotica という叢書の1巻として、1974年に、Friedrich August PottによるHumboldt und die Sprachwissenschaftという537頁もの解説（本文そのものよりも長い）を前につけて、そのあとフンボルトの『研究序説』422頁、さらにPottによるその補説pp.324-544をつけ、合計1000頁以上の本になっている。これにはAlois Vaniček による索引があり、問題点ごとにHumboldtとPottの見解を知ることができる。三宅鴻さん（法政大学教授）がイェスペルセンのLanguage（1922）を岩波文庫（上巻、1981）に翻訳したとき、三宅さんは、しばしば、泉井先生に問い合わせを行い、その13個所におよぶ質疑応答は、詳細に、その訳注の中に記されている。

5. 東京の服部四郎・高津春繁が京都の泉井久之助と拮抗し合いながら、いわば在野の小林英夫を加えて、当時の若手たちが日本言語学会のその学会誌『言語研究』の編集を支えていたように思われる。

6. 泉井先生が最も私淑していた学者はAntoine Meilletであった。Meilletの生前、その『史的言語学における比較の方法』（原著Oslo 1925）の日本語訳の許可を求めるために、直接文通することができたとき、先生はどんなにか心が弾んだことだろう。泉井先生が、もう少し早く生まれていたら、当然、Meilletのところに留学していたはずだ。ポーランドのJerzy Kuryłowiczがパリに留学したように。クリウォーヴィチは1895年生まれだから、もう10年早かったら、と言ってもよいかも知れない。先生が京都産業大学に1979年に日本印欧学研究者専門会議（Conference of Indo-Europeanists of Japan）を創設したときに、東京からも木村彰一、風間喜代三、松本克己、村田郁夫、それに私も招待されて、それぞれ研究発表を行った。その際の論文は京都産業大学国際言語科学研究所紀要の中に掲載されている。先生は、そのうち、Kuryło-

wiczをぜひ集中的にみなさんと一緒に読んでみたい、と言っておられた。Jerzy Kuryłowiczは印欧言語学者・セム語学者で、その小論集Esquisses linguistiques, 2 tomes（München, 1973-75）はMeilletの論集を思い出させるが、構造言語学、プラーグ学派的なアイデアが随所に見受けられる。泉井先生の著書のうち、私が最初に購入したのはメイエ・コーアン編『世界の言語』（その再補1954の中でヒッタイト語の解読を学んだ）、『フンボルト』『トムセン言語学史』『言語構造論』（ここで初めてHjelmslevやBrøndalの名を知り、私にとって汲めども尽きぬ書物となった）、のちに『言語学論攷』（これに泉井先生の卒論が収録されている）、『ヨーロッパの言語』などである。

7. 新時代の日本言語学会というのは、1971年までは新村出、金田一京助が終生会長だったものを、服部四郎先生が制度を変えて、会長の任期を2年とし、会員の中から選挙で選ぶ、という民主的な法律を作った。初代の会長に服部四郎、次いで泉井久之助、西田龍雄…と続いた。井上和子さんまでは任期が2年だったが、2年では人材は続かないとして、国広哲弥さんから任期が3年になった。さて、少しさかのぼって、1977年に国際言語学者会議が東京で開催できないだろうか、とブカレストで泉井先生が打診されたそうだ。日本に帰って、東京開催可能性検討委員会が設置されたが、そのときは、経済的な理由などで時期尚早として見送られた裏話として、服部先生自身が語ったところによると、高津・泉井の二人が連合軍を組んで反対したためだそうだ。ただし、服部・泉井の二人が敵対していたわけでは決してなく、その証拠に、服部先生が日本言語学会会長を1975-76年度の任期二年で退いたとき、次は泉井さんでなければ困る、と服部さん自身が京都産業大学まで出向いて後事を託したそうである。この辺の事情は、泉井先生が日本言語学会会長のときに事務局長を務めた岩本忠氏（京都産業大学）がご存じのはずだ。

8. 泉井先生の書斎目録をぜひ知りたいものである。蔵書は京都大学と京都産業大学に収められたのだろうか。私は偶然、京都の北山書店からMichel BréalのEssai de sémantique（第6版、1924）を2000年に購入したが、なんと、イ

ズイ・ヒサとギリシア文字で署名がしてあり、ヒサのヒはギリシア文字の spiritus asper で書かれ、1926年6月15日の日付がラテン語で記されている。市河三喜は自分の図書目録 Catalogue of the Library of Sanki Ichikawa (Tokyo, 1924, 194pp.) を作って関係者に配布したのだが。

9. 泉井先生は、当時の日本の情勢から、フィールドワークを行うことのできた太平洋の言語を研究した。泉井先生が、もし三、四十年早かったら、当然、Leipzig に行ったはずである。そして、もしかしたら、ソシュールと肩を並べることだってありえたと思う。当時 Leipzig は言語学のメッカと呼ばれ、Brugmann を初め青年文法学派の人たちが活躍していたところであり、上田万年、藤岡勝二（ともに東京帝国大学言語学教授）、新村出を初め、文部省留学生として将来、言語学教授の椅子を、いわば、約束された人たちは、みな、Leipzig に留学したからである。藤岡勝二などは、帰国後、印欧語比較文法とアルタイ語比較文法、ゲルマン語比較文法、言語学史を教えたという、今の時代には考えられないような離れ業をやってのけた。1913-14年、当時モスクワ大学の学生だった Trubetzkoy も Leipzig に留学し、Brugmann, Leskien, Windisch などの講義や演習に参加した。小林英夫だって負けてはいられない、世が世なら、泉井久之助の二人とも、合い揃って Leipzig 留学なんてことだってありえたはずだ。国際言語学者会議（International Congress of Linguists）が1928年、オランダのハーグで第1回が開催され、戦前は市河三喜、千葉勉、斎藤静などが参加した。戦後は1952年 London に亀井孝さんが、1957年 Oslo に泉井先生が日本言語学会の代表として参加し、Oslo では組織委員長の Alf Sommerfelt の依頼で分科会の一つを司会した。そして、コングレスの間のある晩に、他の数人とともに、私宅（private home）に招待された。そのコングレスの様子を、泉井先生は、例の格調高い筆致で、思う存分に学会誌『言語研究』に、実に生き生きと描いている。1962年には小林英夫先生が Massachusetts に、1967年にはふたたび泉井先生がブカレストに赴き、日本語のハとガ、「彼ハ野球ガ好きだ」について発表している。これを泉井先生は ditopi-

cal expression（二つのトピックをもった表現法）と呼んでいる。1972年イタリアのボローニャには野上素一さんが学会の代表として参加し、1977年には服部四郎先生がウィーンに、1982年東京のコングレスには国広哲弥さんが学会の代表として参加し、報告を書いている。

　1987年ベルリンのコングレスには松本克己さんが学会代表として参加した。このとき、ロンドン大学のR.H.Robins（President of the Comité International Permanent des Linguistes）が次のように述べて、満場の拍手喝采を博した。「1928年にこのコングレスの第1回がオランダのハーグで開催されて以来、言語学が本場であったはずのドイツでいままで一度も開催されたことがなかった。それが今回、それも、ゆかりのフンボルト大学で、全体会議のテーマとして、フンボルトと現代言語学と銘打って、ここで開催されるのは、きわめて意義深いことである。」泉井先生はどんなに参加したかっただろう。1992年のQuebec Cityには柴田武氏が、1997年パリと2003年プラハのコングレスには私が参加し、学会の報告を『言語研究』に執筆した。

10.　最後に、文体論のLeo Spitzerレオ・シュピッツァーが、その師Hugo Schuchardtフーゴー・シュハートの小論集Hugo Schchardt-Brevier（Halle, 第2版1928, リプリント1976）を作り、序文にシュピッツァーは¡Vivas, gran señor, mil siglos!（偉大なる師よ、あなたが千世紀にも亘って生き続けますように）と書いた。Schuchardtは俗ラテン語の母音（全三巻、合計1300頁）で学界に登場し、反青年文法学派（gegen die Junggrammatiker）であった。

A Japanese Robinson Crusoe（日本のロビンソン・クルーソー）ダニエル・デフォーの「ロビンソン漂流記」（1719）は空想冒険記であるが、ここに紹介する日本のロビンソン・クルーソーは、実話である。戦後、1952年以後、日本の多くの学生がフルブライト留学生としてアメリカに渡り、学問的なおみやげを持ち帰ったが、小谷部全一郎（Jenichiro Oyabe, 1867-1941）は、想像を絶する困難に打ち勝って、「夢の国」アメリカに渡った話である。A Japanese Robinson Crusoe. Boston-Chicago, The Pilgrim Press, 1898. 生田俊彦

訳『ア・ジャパニーズ・ロビンソン・クルーソー』神田神保町・一寸社。1991年1月21日発行、同年4月25日再販。定価1,500円。249頁。英語版編者および日本語訳者・生田俊彦は1924年生まれ、中央大学法学部卒、日興證券専務取締役、日興證券社長1988年退任、妻Masakoは、この作品の主人公・小谷部の孫にあたる。

1. 小谷部全一郎は1867年12月23日秋田生まれ。5歳のとき母が病死。父善之輔は1877年大阪上等裁判所検事。1881年従兄弟の放蕩で小谷部家が破産、名門の一家は離散。

2. 全一郎は単身徒歩で上京し、苦学したが、その二年後に福島裁判所に赴任していた父・善之輔のもとに赴き、父から漢学や法学を学んだ。

3. 1884年、17歳のとき、父・善之輔と別れて、北海道の函館に到着した。アイヌ村に（二か月ほどか）滞在し、酋長から歓迎された。酋長の娘から恋心を打ち明けられた。ここで、アイヌ研究の先駆者ジョン・バチェララーの存在を知った。金田一京助は、のちに、小谷部のことを「アイヌ種族の救世主」と呼んだ。北海道を横断するとき、泥棒の巣窟に出くわし、危うく難を逃れた。根室からオネコタン、パラムシルParamushir, ペトロパヴロフスクPetropavlovskへ達した。この行程は何度も破線を乗り越えたが、パスポートを所持していないため、函館に送還された。函館で、知人に金銭、旅行の貴重な記録である日記をすべて盗まれた。函館から横濱を経て、小笠原父島、沖縄、天津、ペキンに渡り、孔子の学問、仏教、イスラム教についても学んだ。これは、のちに、比較宗教学の学問に役立った。

4. 日本に帰国して、神戸でThomas Perry号に乗せてもらい、1888年12月25日、夢に描いていたニューヨークに到着した。そこの国立病院に職を得て、働きながら勉強し、ワシントンのハワードHoward大学の学長Dr.J.E.Rankin, D.D., L.L.D. のもとで勉学を積み、Ph.D. を得た。Yale大学大学院で社会学と神学を研究した。Mrs. Rankinからもかわいがられた。

5. Dr.Rankinからお餞別にウェブスターの辞書を戴いた。宣教を実践するた

めに、ハワイに向かい、Maui島で2年間活動した。丘の上に別荘を建て、父を迎えるために、コーヒー園と馬車と馬を買ったが、宮崎にいた父親は来ることができず、訃報が届いた。これらすべてを下男のフライデーに与えた。

6. 蝦夷（北海道）からアメリカへの放浪の旅（odyssey）を A Japanese Robinson Crusoe と題して1898年に出版した。1898年、Howard 大学から Ph.D. を得たあと、帰国の途についた。

7. 帰国後、仙台出身の石川菊代と結婚し、しばらく横浜の紅葉坂教会に勤務したあと、北海道の洞爺湖に近い虻田村（現虻田町）に移住し、社会法人北海道土人救護会を創立、わが国で初のアイヌ人のための実業学校を設立した。これは小谷部の、若いころからの念願であった。掘立小屋に居住して、原野を開墾し、自給自足の耐乏生活を送りながら、アイヌ人教育の実践を開始した。北海道全土からアイヌ子弟を集め、教壇に立った。妻の菊代は畑仕事や養鶏で全一郎を支えた。

8. 虻田村で10年暮らしたあと、1909年にアイヌ実業学校が国に移管されたのを機会に、東京府品川区に移り、三人の子供をかかえて一家を構えた。1919年（52歳）、陸軍省の通訳官に採用され、シベリアの奥地、蒙古のチタへ派遣された。全一郎は史跡調査という名目で、司令部の許可を得て、チチハルの近くにある成吉思汗ゆかりの古城や、外蒙古のアゲンスコイにあるラマ廟なども視察した。これは年来の念願であった。2年間の外地勤務を終えて、1921年に帰国。陸軍省の推薦で陸軍大学教授に招聘されたが、辞退した。

9. アメリカの大学の学位を持ち、英語も堪能であったから、日本では栄光の道が開かれていたであろうが、それを選ばず、1923年、年来の願望であった『成吉思汗は義経なり』400字380枚、12章を完成、口絵写真15頁つきを厚生閣から出版、10数版を重ねた。全一郎は反対説を反駁するために『成吉思汗は義経なり著述の動機と再論』を出版し、これも反響が大きく、10数版が売れた。これを期に、文筆家として出発。同じ厚生閣から『日本および日本国民の起源』1929,『静御前の生涯』1930,『満州と源九郎義経』1933,『純日本婦人

俤（おもかげ）』1938, を出版した。

10. 『純日本婦人の俤』は清貧に甘んじて全一郎を支えた糟糠（そうこう）の妻（faithful wife, treue Frau）が1938年に病没したときに哀悼の意をこめて書かれた。菊代は仙台藩士族の出で、品位にみちた、美しい容姿の、日常、英文のバイブルを読んでいた教養ある婦人だった。菊代の告別式はキリスト教式と仏式で、二回行われた。『静御前の生涯』は義経の側室といわれた静を愛慕し、完璧な理想の女性像として描いている。1929年に私費を投じて公園（茨城県古河市中田か）に「義経招魂碑」を建立。生前、静御前の菩提寺である光了寺の墓地に自分の墓を建てた。老後の数年間は安静静謐（quiet and satisfied）な生活を送り、1941年3月21日、心不全で急逝、知性の冒険家ともいうべき75年の生涯を閉じた。家族が朝食のために書斎のベッドへ起こしに行ったとき、やすらかな寝顔で息絶えていた。

Jespersen, Otto（イェスペルセン, 1860-1943）はコペンハーゲン大学教授であったが、15年間その秘書であったNiels Haislund（ニルス・ハイスロン 1909-1969）の自宅に招待されたとき、イェスペルセンはゲスト・ブックに次の詩を書いた（Feb. 20, 1939）。教え子の招待は嬉しかっただろうなあ。Haislundは恩師Jespersenの『現代英文法、第7巻』1949を完成出版した。

La vie est brève !	［弱・強・弱・強］	人生は短い！
un peu espoir,	［弱・強・弱・強］	少しの希望と
un peu de rêve −	［弱・強・弱・強］	少しの夢がある。
et puis bonsoir !	［弱・強・弱・強］	楽しい晩を！

　brève − rêve, espoir − bonsoirが脚韻を踏んでいる。
次の詩は、これをもじったように見える。詠み人不明。

La vie est vaine !	［弱・強・弱・強］	人生はむなしい！
un peu d'amour,	［弱・強・弱・強］	少しの愛と
un peu de haine −	［弱・強・弱・強］	少しの憎しみと
et puis bonjour !	［弱・強・弱・強］	今日の幸運を！

　vaine − haine, amour − bonjourが脚韻を踏んでいる。

Kalevala（カレワラ）フィンランドの民族叙事詩。フィンランド建国から
キリスト教伝来までの歴史を50章（runes）22,795行で語る。カレワ（Kale-
va）は伝説上の英雄の名で、カレワラはカレワの国（land of heroes）の意味
である。-la は場所の接尾辞で Pohjo-la（ポホヨラ、北の国、暗黒の国）、Tu-
one-la（トゥオネラ、死の国）、Tapio-la（タピオラ、森の神 Tapio の地、ヘル
シンキの田園都市）、kahvi-la（コーヒー店）、ravinto-la（食事の家、レストラ
ン）に見える。カレワラの主題はフィン（ランド）人とラップ（ランド）人
との戦い、南と北、光と闇、善と悪の戦いである（Thomas A. Sebeok シェベ
オク、1920-2001, インディアナ大学教授）。Kaleva は英雄の名と述べたが、実
際に活躍する英雄は、フィンランド建国の父と称されるワイナモイネン
（Väinämöinen ＜ väinä 深い静かな川）で、カンテレ（ハープ）の名手、知恵
と勇気と思慮の人物である。次に重要な人物は鍛冶（smith）のイルマリネン
Ilmarinen で、天空を創造し、魔法のひきうすサンポ Sampo を作った。

　最高神ウッコ Ukko は雷神で、北欧神話のトール Thor('thunder')にあたる。
普通名詞 ukko は「老人」、ukkokoti は「老人ホーム」（koti 'home'）

　フィンランドのカレリア地方に伝わる民謡（Volkslieder）を収集し、民族
詩（Volksepos）にまとめたのはエリアス・レンロート（Elias Lönnrot,
1802-1884）であった。Lönnrot（名前の語源は lönn カエデ、rot 根）は医者を
しながら、農民から歌を収集した。1835年にカレワラ32章（2巻で12,078行）
を出版し、1849年に増補版を完成した。1853年、ヘルシンキ大学に彼のため
に設けられた民族学（Volkskunde）の教授となり、その教え子に Kaarle
Krohn カールレ・クローン（1863-1933, カレワラ研究、6巻）がいる。

　日本語訳に森本覚丹訳（岩波文庫、3巻、1939）、小泉保訳（岩波文庫、2
巻、1976-77,『カレワラ物語』岩波少年文庫、2008）がある。

kavkasisk［Marouzeau補足］コーカサス語。デンマークの言語学者 Ras-
mus Rask（1787-1832）においては、kavkasisk は indisk-iranisk を指す。

kenning〔Marouzeau補足〕ケニング、詩的同意語。英語heaven's candle=sun, ノルウェー語kamelenラクダ（Ibsen）= ørkenes skib砂漠の船。日本語の例：雨、この静かな、やわらかい女神のしずく（西脇順三郎）

Kobayashi Hideo小林英夫（1903-1978）

　『言語と文体』（三省堂、1937）506頁。小論集である。この本は1983年、神田の古本屋原書房で買った（1500円）ものだが、何度読んでも面白い。そして飽きない。そのつど、書き込みをしている。小林英夫は34歳で小論集を出すのだから、早熟だ。アイデアが次から次に湧いてきて、書き留めるのが忙しいほどだったにちがいない。

　小林英夫は東京外事専門学校（東京外国語大学）のスペイン語科に入学したが、経済的事情で1年後に退学、法政大学仏文科の夜間部に入学した。卒業後、東京帝国大学言語学科の専科に入学し、卒論「イプセンの言語、文体論試論」（Le langage d'Ibsen, essai stylistique, 1926年12月24日）を提出した。エリートコースの上田万年、藤岡勝二、新村出らと異なり、文部省留学生として欧米に学ぶ機会は与えられなかったが、小林英夫はヨーロッパの書物から旺盛な吸収力をもって言語学を学び取った。1927年夏、無職のまま、ソシュールのCours de linguistique générale（1916）を翻訳し『言語学原論』と題して岡書院から1928年に出版した（20＋572頁）。世界初の翻訳であった。その後にドイツ語訳、ロシア語訳、スペイン語訳、英語訳などが続いた。1929年、京都帝国大学言語学教授新村出（1876-1967）の推薦で京城帝国大学（ソウル）に専任の職を得て、ここで論文と翻訳が矢継ぎ早に完成した。1932年助教授（ギリシア語、言語学）、1945年、日本敗戦とともに、帰国。1946年『文体論』で京都大学より文学博士。1948年東京工業大学教授（フランス語、言語学）、1950年名古屋大学兼任教授。1963年東工大定年退職、同名誉教授、同年早稲田大学教授、1973年、同退職。『小林英夫著作集』全10巻、みすず書房、1975-77がある。

　『言語学方法論考』（三省堂、1935，xiv, 760頁、索引と著作目録27頁）を

見ると、初期の足跡がひと目で見渡せる。ここに収められているのは1928年から1934年までの27編で、言語の本質と言語学の分科、象徴音の研究、文法学の原理的考察、意味論、音韻論、比較言語学と方言学、言語美学、随筆となっている。

　表題に戻る。『言語と文体』は言語美学、出題と答案、評論、翻訳論、随筆、祕苑草、感傷時代（詩集）の7章からなる。最初の論考は「芥川龍之介の筆癖」の題で53頁の長い論文である。一つだけあげる。芥川は格助詞「が」の代わりに「の」を用いることが多い。「ぼく<u>の</u>小説を作るのは小説はあらゆる文芸の形式中、最も包容力に富んでいるために何でもぶちこんでしまわれるからである」「ぼくは正宗氏<u>の</u>ダンテを仰がずにダンテを見たことを愛している」「中産階級<u>の</u>革命家を何人も生んでいるのは確かである」。英文法のsubjective genitiveである。

　イェスペルセン著、須貝清一・真鍋義雄訳『人類と言語』岡書院1932の書評が「人類と言語の訳しぶりを評す」と題して、微に入り細にわたっている（p.204-236）。原著はノルウェー語Otto Jespersen, Menneskehed, Nasjon og Individ i Sproget. Oslo 1925, 英語版は Mankind, Nation and Individual from a linguistic point of view. London, Allen & Unwin,1925 である（ノルウェー語版と英語版が同時に出版された）。小林の指摘する誤訳の若干を記す。「言語史における麗しき嫁」は単に「嫁」でよい。オランダ語schoondochters, フランス語belles-filles（義理の）「嫁」。Altertumswissenschaftは「考古学」ではなく「古代学」である。qui fournit un modèle linguistique à qui veut parler grec「ギリシア語と称せらるに足る模範的言語を供給したのは」は「ギリシア語を喋ろうという者に対して言語の模範を供給したのは」とすべきである。Ur spraakets värld「原始語の世界」は「言語の世界から」である（ Urspraaket なら「原始語」でもよいが、ここのurは前置詞である）。blakke は「黒い」ではなく「灰色」。synchronistic, diachronistic は「同時」「異時」ではなく「共時的」「通時的」である（これこそ、まさに小林英夫の創造した訳語なの

だ)。「熊を王様と呼ぶ」ではなく、「熊をわれらが主（Our Lord）と呼ぶ」である。ロシア語bože moiは「私の神」ではなく「わが神よ」である。ロシア語自身が外顕的に示しているように呼格（vocative）である。固有名詞の呼び方Madame de Staëlはスタエル夫人ではなくスタール夫人、Aarhusはアルフスではなくオールフス、Zarnckeはザルンケではなくツァルンケ、Stormはシュトルムではなくストルム（ノルウェー人だから）、Aasenはァアセンではなくオーセン、Villonはヴィロンではなくヴィヨン。その他、訳語の不統一、誤訳が非常に多い。要するに、訳者二人は読み方が足りない、ということだ。

「斉藤百合子さんのこと」小林英夫は三人の盲人にエスペラントを教えたことがあった。三人の上達は早く、まもなくモリエールの「マラド・イマジネール」のエス語訳を読み上げた。斉藤さんは東京女子大学英文科卒、文学にたしなみ深く、かつて、やはり盲人の詩人エロシェンコの助手を務め、童話などの完成を手伝った。その斉藤さんが文博の学位をとったというのである。盲人の熱意というものは恐ろしいものだ。テーゼは何かと尋ねたら日本思想史だと答えた。点字じゃ参考書がままにならなくて苦心されたでしょうと言ったら、わたしは人の思想は10行しか借りません、三巻の大著はみんな自分の考えに成るものですから、と誇らしげである。これは皮肉だと思った。ぼく（小林）の著書は、<u>10行以外は、ことごとく西欧の学者からの無断借用なのだから</u>。あるとき斉藤百合子さんを訪ねたら、床の間にブロックハウス大の書物が10巻あまりずらりと並んでいた。あれは何ですかと聞いてみたら（点字の）英和中辞典ですとの答え。おお、あの分で拡大されると百巻の書は、たちまち部屋を満たしてしまうだろう。斉藤さんたちに語学を教えていながらビックリしたことだが、盲人たちは辞書を二度とひかない。一回ひいて、みな覚えてしまうのだ。あの調子でゆけば、<u>われわれはもう大した学者になっているはずであった</u>（1936.9.21）。（下線2個所は引用者）

「ソシュール五題」の中で、メイエはソシュールの印象を次のように語っ

ていると小林は記している。フェルディナン・ド・ソシュールは貴族の出、移住民の子であった。彼はかのモンブランの登挙を初めて行った自然科学者の直系を引いている。ソシュールには全く天才的な素質があった。彼は常人の境を遥かに脱していた。驚くべく精密な技術家であり、極めて組織的な頭脳の持ち主であり、同時にまたその筆舌にのぼる言語は純正簡潔であり、授業の態度といえば彼の講義はさながら芸術品であるといっていいくらい芸術的であった。彼は科学的事象を見るに、詩人や交霊術師の碧眼をもってした。フランスに一群の言語学者ありとすれば、彼らの謝すべきはブレアルとソシュールである。

1889年、ソシュールはジュネーヴに去るにあたり、私（メイエ）を後任に推した。翌日から私は昨日までの学友の前に立って講義をしなければならぬこととなった。開講第一の講義は、ほとんど人の聞いて分からぬほど圧縮したものであった…1890年から1891年にかけて、ソシュールはパリに帰来し、私はウィーンおよびコーカサス（彼の地でアルメニア語を研究した）に向けて旅立った。帰朝すると、私はエコル・デ・オトゼテュド（高等学院）に職を得た。25歳であった。年俸は2000フランであった…（フレデリック・ルフェーヴル「対談1時間」より小林抄訳）。

モンブラン登挙とあるのは、Horace Bénédicte de Saussure（1740-1799）で人口1万のシャモニ Chamonix 村に Dr.Saussure の名を付したモニュメントが建てられた（1775）。

祕苑草（第6章）の中の「あるフィロロークのノートから」より。Philolog はドイツ語で「文献学者」の意味である。対格（accusative）は力の格、アクサチーフ、げに（ロシア語）v narod!（ヴ・ナロート、民衆の中へ！の意味）は対格だ。「卓を叩きて、かくいふものなし」と啄木が瞋恚（しんい）した格だ。1936.6.26.「しんい」はむずかしい漢字だが、「激しい怒り」（der heftige Zorn）の意味だ。対格 v narod は 'into the nation' の意味だが、前置格を用いて na narode とすると 'among the nation, in the society' の意味となる。naród「国民、

民族」の語根rodは「生まれる」で、nationやnatureの語根（ラテン語nā-）「生まれる」と同じ、国民は生まれる者、自然は生じるもの、の意味である。

　最後の詩集（p.385-502）は感傷時代という主題がついている。小林が15，6歳ごろから作り始めたものを選んだものである。その一つを引用する。「園江さん、園江さん、私はいくたびあなたに涙をふり絞った手紙を差し上げたことでしょう。けれど、御返事は絶えてありませんでした。しかし、のちに、あなたが下すった手紙はみんな私の手に入らなかったと知りました。」

Kōfuku（幸福駅）帯広市JR広尾線の駅。1974年、NHKの「新日本紀行」で紹介されたことから、切符が300万枚売れ、4年間で1,000万枚が売れた。北海道では農家が乳牛数百頭を飼育し安定収入が得られるが、スリランカでは、わずか数頭だから、家畜が病気になったら大変だ、と研修生が言った。

kuroi mori（黒い森，Schwarzwald, Forêt Noire）1980年代、南ドイツの黒い森は酸性雨のために、黄色く枯れて、森の死（Waldsterben）という用語が生まれたが、営林署の努力で、順調に回復してきている。密集して生えるトウヒ（Fichte）の木で黒く見えることから黒い森と呼ばれる。鉄道の主要駅はBaden-Baden（Badenは温泉の意味）と大学町Freiburgである。

Lachmann's Law ［Marouzeau補足］ラッハマンの法則。agō＞āctus, regō＞rēctus, tangō＞tāctus（例はBonfanteによる）

langue écrite et parlée（書記言語と音声言語）彼らの本は開かれていた。

langue écrite：leurs livres étaient ouverts［複数表示4個］

langue parlée：lœr livr etɛ uvɛr［複数表示ゼロ］（J.Dubois in Recueil de textes, grammaire structurale du français, Moscou, 1965）

lénition［Marouzeau補足］緩音化。ケルト語に特有の語頭の子音変化。
古代アイルランド語cara［c=k］'friend'の語頭子音変化：

mo chara［ch=x］'my friend'　　　　ár gcara［gc=g］'our friend'

do chara 'thy friend'　　　　　　　bhur［bh=v］gcara 'your friend'

a chara 'his friend'　　　　　　　　a gcara 'their friend'

a cara 'her friend'

　用語 lenition（Lenierung）は、早くも F.Bopp, Über die celtischen Sprachen
（1838）に見られる。

linguaggio（Benedetto Croce）linguaggio è perpetua creazione. 言語は絶え
間なき創造である。［単語も表現も新しく創造される］

La **linguistique** n'est pas science de *pain*. Sprachwissenschaft ist keine *Brot-*
wissenschaft. （Michael Meier-Brügger, Indogermanische Sprachwissenschaft.
Berlin, 2000）。Meringer, Krahe と続いた Göschen 叢書の『印欧言語学』は終
わり、大型の Studienbücher になった。言語学はパンが食べられる学問では決
してない。だが忍耐強く努力を続ければ道は開かれる。歴史・比較言語学ほ
ど創造的で、スリルに満ちた（spannend）学問はない。

lois morphologiques［Marouzeau 補足］形態論法則。語形変化における
類推。aimer（愛する）の現在人称変化は j'aim, tu aimes, il aime[t], nous
amons, vous amez, ils aiment であったが、語幹がすべて aim- に統一された。
（ラ amō, amās, amat, amāmus, amātis, amant）。chanter, traiter なども同様で
ある。類例：古代ノルド語 kom, kemr, kemr 'I come, you come, he comes' で
は 1 人称単数 kom が kem となった。

Lomonosov（ロモノーソフ）Mihail Vasil'evič Lomonosov（1711-1765）『ロ
シア語文法』の著者。ロシア語で書かれた最初の科学的なロシア語文法で、
著作全集全 11 巻のうちの第 7 巻「文献学論集」1739-1758 の中の pp.389-578 を
占める（早稲田大学図書館）。Rossijskaja Grammatika. St.Peterburg（Polnoe
sobranie sočinenij, tom 1-11, Moskva 1950-83, tom 7. Trudy po filologii）。ドイツ
語　訳 Russische Grammatik（aus dem Russischen übersetzt von Johann Lo-
rentz Stavenhagen, St.Petersburg 1764）が出ているほどの名著である。第 1 章
（人間の言葉）、第 2 章（字母・発音）、第 3 章（名詞）、第 4 章（動詞）、第 5 章
（補助的・奉仕的品詞＝代名詞・形動詞［形容詞か］、副詞、接続詞、間投
詞）、第 6 章（syntax）からなる。

注目すべき点を一つだけあげる。動詞には10個の時制（vremena glagola,
§268, p.480-）があるとしている（名称は英語で示す）。1. present (trjasu, 'I
shake'), 2. past indefinite (trjas 'I shook'), 3. past once (trjaxnul 'I shook
once'), 4. long-ago past first (trjaxival 'I used to be shaking'), 5. long-ago past
second (byvalo trjas, 'I used to shake'), 6. long-ago past third (byvalo
trjasyval 'I used to shake several times'), 7. future indefinite (budu trjasti 'I
will shake'), 8. future once (trjaxnu 'I will shake once'), 9. past perfect (napisal
'I wrote'), 10. future perfect (napišu 'I will write').

　以上のことから、今日、ロシア語動詞の根底になっているアスペクトの概
念をまだ明確につかんでいないことが察せられる。同じ巻のp.694に「ロシア
語文法資料」の中で、動詞の用法として、ドイツ語と対照して、ich gab
manch mal=ja daval mnogo raz 私は何度も与えた；ich pflegte zu geben= ja
obyknovenno daval 私は与えるのがならわしだった；ich wollte ihm geben=
ja xotel jemu dat' 私は彼に与えたかった、をあげている。このことはアスペ
クトの差には十分に気づいていることを示している。このうち、前二者ja
davalは不完了体（imperfective aspect）、三番目ja xotel dat' が完了体
（perfective aspect）である。また、NBとしてpobit'（打つ）がperfectum
（soveršennyj）, povibat' がその反復態（frequentativum, nesoveršennyj）であ
るという用語も見られる。

　資料編p.867に「ドイツ人、フランス人は増大辞（Vergrösserungswörter）
を持たないので、ロシア語dvorina, dvorišče をドイツ語ではein grosses Haus,
ein Ungeheuer von einem Haus と表現せねばならない」と述べている。ロモ
ノーソフはドイツを旅行中に、ドイツの文化や言語が地方によって異なるに
もかかわらず、それらの地方に通用する統一した文章語が存在していること
に気づいた。彼がロシア語文法を書こうと思い立ったのは、このような背景
によるものであった（山口巌『ロシア中世文法史』1991, p.126）。

　上記のロシア語文法は、ロモノーソフの業績のほんの一部である。彼は自

然諸科学の基礎を築き、ロシア史の著者であり、詩人であった。漁師の子として、アルハンゲリスクに生まれ、1731年モスクワに出て、1736年ギムナジウムを卒業、ペテルブルクのアカデミーからの派遣でドイツに留学、Marburg大学で化学と冶金学を研究し、帰国後1745年ペテルブルクの科学アカデミーで化学教授、のちペテルブルク大学総長、モスクワ大学を創立した。

Lorelei, Die（ローレライ）

　ライン河畔の、サンクト・ゴアルスハウゼン（St. Goarshausen）付近に立つ132メートルの乙女の像。ブロンドの乙女ローレライの原義は「待ち伏せの岩」の意味で、その美しい歌声で、舟人を誘惑し、死に至らしめた。これは、ラインの川が渇く、つまり、ライン川が人間の「いけにえ」を要求するからしい。

　以下に、ハイネ（Heinrich Heine, 1797-1856）の詩と、近藤朔風（1880-1915）の日本語訳を掲げる（ドイツ語の2行が日本語では1行になっている）。そのあとに、英訳を掲げる。

1.　Ich weiss nicht, was soll es bedeuten,

　　Dass ich so traurig bin;

　　　なじかは知らねど　こころわびて、

　　Ein Märchen aus alten Zeiten,

　　Das kommt mir nicht aus dem Sinn.

　　　昔のつたへは　そぞろ身にしむ。

　　Die Luft ist kühl und es dunkelt,

　　Und ruhig fliesst der Rhein;

　　　さびしく暮れゆくラインの流れ

　　Der Gipfel des Berges funkelt

　　Im Abendsonnenschein.

　　　入日（いりひ）に山々あかく映（は）ゆる。

2.　Die schöne Jungfrau sitzet

Dort oben wunderbar,

　うるはし乙女の岩に立ちて、

Ihr goldenes Geschmeide blitzet,

Sie kämmt ihr goldenes Haar.

　黄金（こがね）のくしとり　髪のみだれを

Sie kämmt es mit goldenem Kamme

Und singt ein Lied dabei;

　すきつつ口ずさむ歌の声の

Das hat eine wundersame,

Gewaltige Melodei.

　奇（く）すしき力に魂（たま）もまよふ。

3.　Den Schiffer im kleinen Schiffe

　　Ergreift es mit wildem Weh;

　こぎゆく舟人　歌にあこがれ

　　Er schaut nicht die Felsenriffe,

　　Er schaut nur hinauf in die Höh'.

　岩根も見やらず　仰げばやがて、

　　Ich glaube, die Wellen verschlingen

　　Am Ende Schiffer und Kahn;

　波間に沈むる、人も舟も、

　　Und das hat mit ihrem Singen

　　Die Lorelei getan.

　奇（く）すしき魔が歌、うたふローレライ。ハイネ

　英語訳は脚韻（end-rhyme, Endreim）がドイツ語原文よりも美しく整って
いて、なかなかの作品である。

1.　I know not for what I am yearning

　　Or why I am so ill at ease;

A strange old tale keeps returning

And leaves my mind no peace.

The air is cool and it darkles

And softly flows the Rhine;

The crest of the mountain sparkles

With evening's last sunshine.

2. There sits up aloft a maiden,

Enchanting and wondrous fair;

With gold and jewels all laden

She combs her golden hair.

She combs it with comb all golden

And sings a song the while

Which makes all hearts beholden,

Its burden of sweetest guile.

3. The heart of the fisherman stranger

Is filled with woe, sailing by;

He sees not the rocks and their danger,

His gaze is only on high.

The wind and waves are mingling,

The fisher and bark to receive;

And this with her eerie singing

The Loreley doth achieve.

フランス語訳も Mon cœur, pourquoi ces noirs presages? /

Je suis triste à mourir./ Une histoire des anciens âges/

hante mon souvenir.

-ages, -ir, -ages, -ir のように、脚韻を踏んでいる。

Märchendorf（童話村）は宮沢賢治（1896-1937）の生誕100年記念（1996

年）に、その故郷・花巻に作られた。ご存じの通り、賢治は詩人で作家である。童話村は別名イーハトーブの森とある。イーハトーブは「ユートピア」の意味で、賢治の用語だが、語源は分からない。賢治の故郷、花巻を指している。童話村は東北新幹線・新花巻駅から徒歩20分のところにある。

　童話村はテーマパークで、賢治の学校と賢治の教室から成っている。賢治の学校という建物にはファンタジックホール、宇宙の部屋、天空の部屋、大地の部屋、水の部屋がある。賢治の教室は5つあり、植物の教室、動物の教室、星の教室、鳥の教室、石の教室である。賢治は石を集めるのが好きで、石ころ賢さんと呼ばれた。クジャク石（malachite）などもある。クジャク石はウラル民話「石の花」（stone flower, ロシア語kámennyj tsvetók）に出る。童話村には賢治の創造した全世界が展示されている。

Märchendorf is the German for the village of fairy tales, established in Hanamaki, the birthplace of Miyazawa Kenji（1896-1937）, a poet and writer, to celebrate his centenary（1996）. Also called the Forest of Iihatov.

Iihatov is the term coined by Miyazawa Kenji. It means 'utopia'. The etymology of the word is unknown. It refers to Hanamaki, Kenji's birthplace. The village is situated 20 minutes' walk from Shinhanamaki Station on the Tohoku Shinkansen.

The Märchendorf is a theme park composed of Kenji's school and Kenji's classrooms. The building called Kenji's School houses the fantastic hall, the rooms of the universe, of heaven, of the earth and of water.

Kenji's Classrooms have five rooms : the classrooms of plants, of animals, of stars, of birds and of stones. He liked collecting stones, including malachite. The whole world created by Kenji is displayed there.

marked/unmarked［Marouzeau補足］有標・無標。Trubetzkoyが1931年に音韻論に用い、Jakobsonが1932年に文法に用いた。man（男、人間）は人間一般も表すのでunmarkedだが、woman（女）はmarkedである。ドイツ

語Student（学生）は女子学生も含むのでunmarkedだが、Studentinは女子学生なので、markedである。語順についてJarmila Tárnyiková（Poznań, 2000）の"With guilt came fear"はmarkedであるが、"Fear came with guilt"はunmarkedである。ラテン語の母音a, e, o, i, uは短音も長音も表すのでunmarkedであるが、ā, ē, ō, ī, ūは長音なのでmarkedである。rosa（バラの花は）、rosā（バラの花で［飾る］）。

Marouzeau, Jules ジュール・マルーゾー（1878-1964）

『言語学用語辞典』Lexique de la terminologie linguistique（français, allemand, anglais, italien）. Collection Georges Ort-Geuthner, Paris, Librairie Orientaliste Paul Geuthner, 1933, 1944[2], 1951[3]. xii, 265pp. 著者はソルボンヌ大学名誉教授、パリ高等学院院長。

言語学辞典は古くN.N.DurnovóのGrammatičeskij slovár', grammatičeskie i lingvistíčeskie terminy. Moskva-Leningrad, 1924がある（戦後、再版あり）。Marouzeauは初期のものだが、よく出来ており、勃興期にあったプラーグ学派の用語も採り入れている（opposition phonologiqueなど）。

Merkel, Emma （De Ole Edda, Berlin, ca.1939）低地ドイツ語『古エッダ』

コペンハーゲンのLynge & Sønより1989年購入、200 dkr.（4,000円）。はしがきにあるLeiwe Kinners un Luie!（＝Liebe Kinder und Leute親愛なる子供たちと大人たちよ）の1行の中にすでに低地ドイツ語の特徴が、いくつも見える。Kinners=Kinderでこれはkindの複数がkinderだから、これに-sをつけた二重の複数形だ。英語のchild-r-enと同じである。ndがnnになっている。デンマーク語も同様landが「ラン」と発音される。und 'and'のdが消えている。luie 'people'=Leute（低地ドイツ語dの脱落）。dの脱落はこの本の書名Ole=Oldeにも見える。最初の単語leiwe= liebeに見えるwはlewen=leben 'live'にも見える。ここに特有の文法でlewen den = lebten, denken den = dachtenがあり、ゴート語のnasida 'er rettete, he saved, rescued'のnasi-daのda 'er tat, he did'と同じである（Boppの説）。低地ドイツ語Nadurはドイツ語Naturだ

が、ラテン語のnatūraがNadurになるはずはなく、ドイツ語Tag＝低地ドイツ語dagにならって、ドイツ語NaturをNadurに過剰矯正（hypercorrect）した。著者Merkel（＜Mark）はドイツ首相と同じ名で、Markward「国境守備兵Grenzhüter」の意味である。

この本にはI.C.Ströverのイラストが8枚入っており、これを見るだけでもエッダ（北欧神話）の概要がつかめる。表紙に天馬スレイプニル（Sleipnir）にまたがり空を駆けるOdinが描かれている。

1. 牝牛（Audhumla）の乳を飲む原巨人（Urriese）ユミルYmir

2. Odinが知恵の泉の水を一口飲むために片目を泉に落とす。右に立っているのはMímir（知恵の神, ラテン語memoria記憶）

3. トールが巨人の国を訪れてハンマーを取り戻す。

4. 女神イドゥンIdunが巨人チャッシThiassiにさらわれる。ワシに変装して襲ってきた。発案者のロキLokiは逃げてしまった。

5. 地獄の女神ヘルHelがアスガルドを訪れる。神々は年老いている。イドゥンの若返りのリンゴがもらえなくなったからだ。

6. オーディンに向かって吠える地獄のイヌ。

7. 兄Baldur（右）向かって弟Hödrに弓を射よ、ロキが言った。

8. バルドゥルとその妻ナナが船の乗せられて、火葬される。

トールThorはオーディンOdinの長男。妻はシフSif, 長男はウレルUllerで弓の達人、長女はトルードThrud, 次男マグニMagniは「強い」の意味、三男モディ Modiは「勇気」の意味。この部分はエッダのテキストにない。この記述は著者Merkelの解説である。OdinがMímirの甥（Schwestersohn）など初耳だ。

人間の住む世界の町をMannheimという（de Stadt up Midgard het Mannheim）。Mannheimという用語もエッダにはない。mannは「人」、heimは「世界」。作者Merkelの創作と思われる。

Mannheim（マンハイム）はドイツに実在する人口30万のライン河畔の町で、大学とドイツ語研究所がある。

［メルケル著『古エッダ』の表紙］

　駿馬スレイプニル Sleipnir にまたがり空を駆けるオーディン。地上も天空も
海の上も走ることができる。Sleipnir は「すべように（走る）馬 cf. 英 slip」の
意味で、ロキがメス馬に化けて生んだ子供なのです。

北欧神話の宇宙図 (nordische Kosmographie)

　北欧神話の宇宙樹 (nordische Kosmographie) は三つの世界「神の国」「人間の国」「巨人の国」からなっている。中央に高くそびえる宇宙樹 (Yggdrasil ユグドラシル、Ygg神 = Odinオーディン, drasil馬)、宇宙樹の根から左に神々の世界 (Asgardアスガルド；asは神, cf.Osloは神の森)、中央にミッドガルド (Midgard人間の世界) があり、4人のコビト、東・西・南・北がこれを支えている。そのまわりを巨大なヘビ (Midgards-ormミッドガルドのヘビ) が取り巻いている。北方にヨトゥンヘイム (Jötunheim) があり、神々と人間の敵、巨人族 (jötunヨトゥン) が住む。宇宙全体の底に霧の国ニフルヘイム Niflheimがある。(下宮『ドイツ・ゲルマン文献学小事典』同学社、1995)

Merkel 3

Die Urkuh Audumla und der Riese Imir.

牝牛の乳を飲む原巨人ユミル（Ymir）

　原初に北に氷の平原があった。そこに一頭の牝牛がいた。Audumla（アウ
ドゥムラ）という名前だった。ああ、おなかがすいたなあ。何か食べるもの
はないかなあ。アッ、光るものがある。何だろう。塩だ。おいしい！　そこ
にユミルという原巨人があらわれた。牛さん、お乳を飲んでいいかい。うん、
いいとも。牛の乳房は満杯だったので、喜んでミルクを与えた。

94

Merkel 4

Odin opfert sein Auge für einen Trunk aus der Weisheitsquelle.

　片目を差し出して知恵の泉から水を1杯飲むオーディン。オーディンは万物
の父（All-father）だった。知恵の泉の所有者ミーミル（Mímir）は巨人族の
出で、たぐいない知恵者であった。ミーミル様、あなたの泉の水を1杯だけ
飲ませてください。値段は高いぞ。おまえの目を一つよこせ。オーディンは
それを与え、水を飲んで、たぐいない知恵者になった。だが、右目はめくら
であった。だから、右目が髪の毛に覆われて描かれている。ルーン文字を作
り、読み書きを神々に教えた。ルーン文字は、ラテン文字が伝わる以前の文
字である。ルーン（複数rúnar）は「秘密」の意味である。

Thor verkleidet als Riesenbraut holt den Hammer zurück.

　花嫁に化けたトールが巨人どもからハンマーを取り戻す。

　巨人は偉大な建築士であった。神々のために宮殿を築いた。値段は女神フレイヤ（Freyja）であった。美の女神フレイヤをよこせだと、とんでもない。トールは花嫁に化けて、巨人の国ヨトゥンヘイム（Jotunheim）に乗り込んだ。巨人どもは大歓迎して、蜜酒（ミードmead）をごちそうした。そして、相手が油断しているすきに、盗まれたハンマーを取り戻した。このハンマーは必ず相手を打ち倒し、持ち主のところに戻ってくるのである。

Iduna wird vom Riesen Thiaſſi entführt.
(Er kommt als Adler.) Loki entflieht.

　女神イドゥンが巨人チアッシに連れ去られた。巨人はワシに姿を変えて、
イドゥンをさらって行った。ロキは逃げてしまった。女神イドゥンはリンゴ
の籠（かご）を持っている。神々がこのリンゴを食べると、老いることがな
い。籠にはいつもリンゴが一杯はいっていて、減ることはなかったのに。

Merkel 7

Königin Hel erscheint in Asgard bei den alternden Göttern,
denen die Apfel fehlen.

　死の女神ヘルがアスガルドの老いた神々の前にあらわれる。イドゥンのリ
ンゴがなくなったために、神々も老いねばならなかった。ヘルがお迎えに来
たのだ。ヘルのかたわらにいるヘビは兄弟で、邪神ロキのこどもである。ロ
キは、最初、オーディンに天地を駆ける駿馬を贈り、神々の味方であった。

Odin und der Höllenhund.

　オーディンに向かって吠える地獄のイヌ。オーディンの息子バルドゥル（Baldr）は神々に愛された光の神であった。そのBaldrが殺されると予言に出たために、殺さないでくれと地獄の女神ヘルにお願いに行くところである。Baldrは「輝く者」der Glänzendeの意味。

Baldur ist unverletzlich durch Schwüre.
Hödur aber, von Loki angestiftet, erschießt ihn mit dem Mistelpfeil
(die Mistel hat nicht geschworen).

　　　　盲目の弟ホドルが兄バルドゥルを射殺す。
　　だが、Odinの願いもむなしく、神々の敵にまわったロキにそそのかされて、
弟Hodrの射たヤドリギ（mistletoe）のためにBaldrは倒れた。

Merkel 10

Baldur und Nana's Leichenbegängnis.

バルドゥルとその妻ナナが船に乗せられて火葬される。

Michelena, Luis ルイス・ミチェレナ（1915-1987）

サラマンカ大学印欧語・バスク語教授。私は1974年10月から1975年2月まで、サラマンカ大学でミチェレナ先生のもとでバスク語を学ぶ機会を得た。その年度はバスク語の授業がなかったので、Patxi Altuna（パチ・アルトゥナ）の統一バスク語教本（Euskara, hire laguna !）を独習しながら、1週間の間にたまった質問を毎週ミチェレナ先生に答えていただくという方法でバスク語を勉強した。当時、私は弘前大学助教授であったので、往復渡航費は日本国文部省から、滞在費はスペイン政府から得た。サラマンカ大学は創立1218年で、スペイン最古の大学であり、オックスフォード、ソルボンヌ、ボローニャと並ぶ大学であった。スペイン政府からの給費振込がTadeos Himomiyaとなっていた。Tadeosは聖書に出る名であり、スペイン語にはshで始まる単語はない。ミチェレナ先生は、単にバスク人であるという理由からマドリッドの獄中で青春時代を送らねばならなかった。そこで勉強し、Fonética histórica vasca（バスク語の歴史的音韻論, 1960）でマドリッド大学から博士号を取得した。主査はスペインの言語学者Antonio Tovar（アントニオ・トバール, 1915-1985）であった。彼がサラマンカ大学学長の時代に、バスク語の授業が設置された。Tovarは古典語学者であるが、バスク語にもくわしく、La lengua vasca（Monografías Vascongadas, 2, San Sebastián, 1954^2, 99pp.）の好著があり、Hugo Schuchardt（フーゴー・シュハート, 1842-1927, 生没年がVilhelm Thomsenと同じ）の『バスク語入門』（Primitiae Linguae Vasconum. Einführung ins Baskische, Halle a. Saale, 1923）の再版と解説・文献補遺を行っており、解説と文献補遺が有益。Antonio Tovarは1982年、東京で開催された第13回国際言語学者会議（International Congress of Linguists）で、歴史言語学の全体報告（plenary report）を行った。

Moesia ［Marouzeau補足］今日のBulgariaにあたる。ゴート語が話されていた。W.W. Skeat：Moeso-Gothic Glossary, with an introduction, an outline of Moeso-Gothic grammar, with a list of Anglo-Saxon and Modern English words,

etymologically connected with Moeso-Gothic. London, Trübner & Co. xxiv, 342pp. 東海大学図書館にあった。東大図書館にある。

monogenesis［Marouzeau補足］言 語 一 元 説。sound production ability (Décsy, Global Linguistic Connections, 1983）言語一元説（Trombetti）は言語音を産出できるという点でのみ可能である。形態論においては不可能。

Morimoto森本哲郎『ぼくの旅の手帖、または珈琲のある風景』1973。この本が『私の読書』執筆の動機の一つになった（2015年7月）。

　これは、新しい旅日記の形式で、とても面白い。西ドイツ・リューベックの追憶、ボーデの雨（ノルウェー）、スペイン・ビルバオ行列車にて、ソビエト・モスクワの青い朝、ギリシア・アテナイの幻想…など25編の随筆からなる。この本で困るのは、執筆年代が記されていないことである。Heideggerに面会したとあるから、1976年以前であることは確かだが。「タイ、バンコックの憂鬱」で、日本人観光客の傍若無人を目にしたとあるが、いつごろのことか、年代を記していないので、とても困る。「ビルバオ行き列車」は、スペイン国鉄ご自慢のTalgoに食堂車がないのは、ふしぎだ。

morphème［Marouzeau補足］形態素。le plus petit signe linguistique; il est indécomposable en synchronie（Pottier, 1967, p.15）形態素は最小の言語記号である。共時態においてそれを分解することはできない。草創期にmorphèmeを小林英夫は形態質（1928）、形態部（1935）、それ以後、形態素と訳している。

morphologie[1]［Marouzeau補足］形態論。
1. flexion（déclinaison, conjugaison, prepositions）
2. formations des mots（diminutifsを含む）.

morphologie[2]［Marouzeau補 足 ］L.TesnièreのPetite grammaire russe (Paris, 1934）は1. morpholgie statiqueをflexion（noms, verbes）, inflexionnels (prep. adv. conj. interj.）と2. morphologie dynamique（formation des mots；生産的であるという意味でdynamique）を区別する。

morphonologie ［Marouzeau補足］形態音韻論。新しい用語を先人たちはいかに日本語で表現したか。cats, cows, foxes, oxen, mice における複数形態素 s, z, iz, ən, ai, ゼロ、また、sing, sang, sung における i, æ, ʌ を指すのだが、Sur la morphonologie de N.S.Troubetzkoy（1929）を小林英夫は形態音韻論と訳し（1932, 京城）、泉井久之助は形態音韻学と訳した（1937）。

mots composés（複合語）動詞＋目的語VOの例：pickpocket（スリ）は昔からあるが、2009年ロンドンに putpockets が現れた。お金or品物をあげるよ、とポケットに。scarecrow カラスを脅す物、かかし。フランス語 porte-monnaie, porte-bébé, Boileau（bois l'eau, Larousse 2006）。名詞＋形容詞：Snow White, ドイツ語 Snee-witt-chen が日本語では「白雪」姫となる。

mutation consonantique ［Marouzeau補足］子音変化。ラ pater, decem, centum→英 father, ten, hund(red)；wife→wives, bath→bathe（母音間でfやthが有声化するため）。

mutation vocalique ［Marouzeau補足］母音交替（ドイツ語 Ablaut）。英 sing, sang, sung, song, ギ légō 言う, lógos 言葉。cf. inflexion

nasalisation ［Marouzeau補足］鼻音化。a＞ã, o＞õ；逆に bōzo＞bōzu, cōgatana＞cogatana（小刀）、nāguinata＞naginata（薙刀 cutting sword）、sacāzuqi＞sakazuki（盃, sake, attached to）鼻母音の形はルイス・フロイス著、岡田章雄訳注『ヨーロッパ文化と日本文化』（岩波文庫1991, 第7刷1993）に記されている。ポルトガル語で「どうもありがとう」と言うとき muito obligado 'thank you, I am obliged' の muito 'much' をなぜ［ムイントゥ］と発音するのが、長い間ふしぎに思っていた。Pottier 先生に尋ねると、すぐに返事をいただいた（2015）。中世のスペイン語には語源と無関係のn（non etymological n）が、しばしば見られる。mucho 'much' が muncho ムンチョのように発音され、mazana, maçana（リンゴ）と書かれたものが、nが挿入され、manzana［マンサナ］となった。農場主 Matius のリンゴの意味である。上掲の bōzo, cōgatana などは、類例である。

neutralisation morphologique〔Marouzeau補足〕形態の中和。フランス語 je le connais 'I know him' と je la connais 'I know her' は彼と彼女を区別できるが、je l'aime 'I love him or her' においては区別ができない。ドイツ語の例：Rad 車輪と Rat 忠告は、ともに［ra：t］なので区別がないが、その属格 des Rades（車輪の）と des Rates（忠告の）では区別できる。スペイン語 hijo「息子」と hija「娘」は区別できるが、複数になると dos hijos y tres hijas（2人の息子と3人の娘）＝ cinco hijos（5人の子供）のように中立化される。

noms propres 普通名詞が固有名詞になる（補充）：miller ＞ Miller, ド Mühle ＞ Müller, フ bouvier（牛飼い）＞ Bouvier（Bonn の本屋）。「森田」は先祖が森と田を持ち、「吉田」は「よい田んぼ」を持っていた。

non-séparabilité（複合語の形容詞）フランス語の「リンゴ」は pomme de terre だが、「まるいリンゴ」という場合、形容詞はどこに置いたらよいか。ronde は pomme de terre 全体の後に置いて、une pomme de terre ronde とする。une pomme ronde de terre ではない。

non-uniformité（不統一性）単語の不揃い。フランス語 poche「ポケット」に指示辞 -ette をつけて pochette「小さなポケット」となるように、pierre「石」から「小石」を pierrette と言った。標音仏和辞典（白水社, 1986, 新版第4刷）にはあるが、ラルース辞典（2006）には載っていない。今は小石を caillou（ケルト語起源）という。なぜ平易なフランス語を捨てたのか、バカだな。日本語ではブタニクというのに、なぜウシニクと言わないのか（教えてください）。牛小屋、牛飼いというのに、ギューニク、ギュードンという。

opposition à trois termes〔Marouzeau補足〕3項対立。ド dreigliedrige Opposition, three-member opposition（英語の用語が一番遅かった）ギリシア語 p：b：ph, t：d：th, k：g：kh は閉鎖音の3項対立。サンスクリット語は k：kh：g：gh, t：th：d：dh の4項対立。

opposition phonologique〔Marouzeau補足〕音韻（論的）対立。プラーグ学派の重要な概念。英語［p：t：k］pop：top：cop；［i：e：æ：ɔ：u：ei：

au] pit：pet：pat：pot：put；pate：pout；フ pierre：bière；ド（脚韻を踏む例）mit Rat und Tat（名実ともに）、unter Fach und Dach（安全な場所に）

ordre des morphèmes［Marouzeau補足］記号の配列順序 ordre des éléments significatifs（Kristiansand, 2004, Shimomiya, ヨーロッパ言語学会）1. export-import, 輸出・輸入（英語は接頭辞で区別し、日本語は2番目の要素で区別する）；2．No crossing, 横断禁止（英語は否定を前置、日本語は後置）；3．No smoking, 禁煙，non-smoker, 禁煙車（これらはみな否定が前置）；4. rain or shine, 晴雨にかかわらず（雨と晴れの順序が異なる；降っても照っても、とすれば英語と同じ）；5．Ein- und Ausgang, 入口・出口（入と出の順序がドイツ語も日本語も同じ）；jahraus, jahrein年が去り年が来る、年々歳々；年去と年入の順序がドイツ語も日本語も同じ；ギリシア語 eísodos-éksodos（eis 'into', eks 'out, from' 入口と出口；入と出の配列順序が同じ）；ロシア語 vxod-vyxod は入口と出口（順序が同じ）。v は 'into'（ギリシア語eis）、vy は 'out of（ギリシア語eks-）の意味。

oshidori（オシドリ，mandarin duck）ハーン『怪談』Kwaidan より。

　陸奥（むつ）の国（青森）の田村の郷と呼ばれる地方に、孫充（ソンジョウ）という名の鷹匠（falconer and hunter）がいた。ある日、彼は狩りに出かけたが、その日は、何も獲物がなかった。帰る途中、赤沼という川で、一つがいのオシドリが泳いでいるのを見つけた。オシドリを殺すのはよくないことだが、ちょうど、空腹だったので、矢を射た。矢はオスを貫いた。メスは向こう岸の灯心草（rushes）の中に逃げ込んだ。

　孫充は家に帰って、オシドリを料理して食べた。その夜、彼は、いやな夢を見た。一人の美しい婦人が部屋に入って来て、彼の枕もとに立ち、泣き始めた。「なぜ、あなたは、あの人を殺したのです。あの人が、あなたに、何かわるいことをしたのですか。私たち二人は、あんなに幸せだったのに。夫がいなくては、私は生きていようとは思いません。このことをあなたに告げるために来ました。」

翌朝、孫充は赤沼に出かけた。するとメスのオシドリが孫充めがけて泳いで来た。そして彼をじっと見つめると、その嘴（くちばしbeak）で自分の身体を引き裂いて死んでしまった。孫充は頭を剃って僧（priest）になった。

phoneme（音素）＝意味を区別する最小の単位（プラーグ学派の最重要概念）smallest distictive unit. 例：pillはpale, pool, pole, pullの母音で区別され、語頭の子音でbill, dill, fill, hill, mill, nil, pill, sill, till, willが区別される。

phonétique［Marouzeau補足］音声学をTesnièreは二つに分ける。phonétique statiqueは通常の発音（pronunciation）であるが、phonétique dynamiqueはpalatalisation, polnoglasie 'full-vowel'（ロシア語の古語 grad → górod; Leningrad, Novgorod），accentの移動 górod 'city', gorodá 'cities' を扱う。L. Tesnière, Petite grammaire russe, Paris, 1934.

phraséologie［Marouzeau補足］成句。例：It's all Greek to me（チンプンカンプン）の初出はShakespeare（1601）.日本語のチンプンカンプンは長崎の外国人のしゃべることばが、そう聞こえたから。

Picnic物語（ピクニックは散々でした）

　Henry Sweet『口語英語入門』Elementarbuch des gesprochenen Englisch（Oxford 1904³）のテキスト（p.101-132）は興味深い日常生活を載せている。The Picnicはその中の短編である（p.125-131）。

時：1800年代　　　場所：英国Epping Forest（ロンドン郊外）

登場人物：Mr.Carnabyとその妻Mrs.Carnaby；

長女Miss Carnaby；長男Master Carnaby（と呼んでいる）；

Carnaby夫妻のふたご（twins）；

Mr.Hodges（Miss Carnabyの婚約者）；Betsy（maidお手伝い）

1. だれのアイデアか分からないが、カーナビー夫人は8月のある朝、目が覚めると、ピクニックに出かけよう、一日、郊外で過ごそう、と決めた。夫が目を覚ますと、その計画を打ち明け、二人で朝食前に準備をした。目的地はエッピングの森（Epping Forest）にしよう。汽車の便利がよいから。実行は

次の水曜日だ。水曜日、長男は授業が半日なので、半日休むだけで済む。

2．水曜日になった。さいわい、好天だ。一行は汽車に乗った。だが、降りるとき、間違った駅に降りてしまったことに気づいた。目指す森まで2マイルもある。母親は、子供たちが歩くには遠すぎるし、荷物がたくさんあったので、二輪馬車を雇うことにした。森の中をしばらく行くと、格好の場所に来た。近くにお店があるし、「美しい緑の空き地がありますよ、元気になりなさい」と言っている緑のおじさん像（the Green Man）が手招きしている。カーナビー夫人は手をひいてもらって馬車から降りた。ミス・カーナビーは婚約者のミスター・ホッジスに手を貸してもらって降りた。子供たちは母親が降ろした。お手伝いは、かわいそうに、誰も手を貸してくれなかったので、降りるときにつまずいてしまった。長男のカーナビーが飛び降りると、子供たち全員が黒イチゴや鳥の巣探しに走って行った。長男は木に半分登りかけたところで、母親に見つかった。見るとズボンが破れ、上等の衣類も汚れてしまった。長男にとっては、これが不運の始まりだった。乗馬もついていなかった。馬具がはずされると、馬は自由になったとばかり、手始めに、二度三度、けりを加え、跳び込みをし、転げまわろうとした。そして、あいにく、開けたばかりの、食事用のハト肉入りのパイの上に転がり落ちた。そして前足で立ち上がったときに、ジンジャービールの籠を踏んでしまった。しかし、これからが大変だ。馬はグリーンサラダを神妙に食べ始めた。家族のだれも、まだ、食べていないのに。カーナビー夫人は、真っ先に、ジンジャービールがこぼれないように、子供の一人をナイフとフォークの籠の上に乗せた。気の利いた子供だったので、すぐに立ち上がった。ふたごは切り株につまずいて、ハリエニシダの藪（やぶ）の中に顔を突っ込んでしまった。この騒ぎに乗じて、婚約者のミスター・ホッジスが最初にしたことは、ミス・カーナビーの腰に手をまわして、チュッと音をたててキッスをすることだった。そのお返しに、彼女はふざけ半分に彼を一突きしたので、白いズボンのまま、牛がかきまわした泥の水溜りにはまってしまった。牛は水浴び

をしていたのだ。娘の婚約者が、かぜをひかないように、この物語の主人公ミスター・カーナビーは、まず、ブランデーをすすめようと考えた。しかし、ブランデーは食器棚に置いたまま忘れて来たことに気づいた。ミスター・ホッジスは健康のために、緑のおじさん像に歩いて行った。長男（カーナビー坊ちゃん）はブラックベリーを探しに、どこともなく、ひっそり立ち去った。お手伝いは、家族のためにと、ふたごを連れて、見知らぬ下男と一緒に、散歩に出かけた。馬もどこかへ行ってしまった。ミスター・カーナビーは馬を追いかけようとしたが、妻と娘が、ほかの人が帰るまで、どこにも行かないように頼むので、思いとどまった。その後、目に見えるところか、声が聞こえる範囲なら散歩してもよいという許可を得た。妻と娘はシーツを敷き、食べられるものが残っているかどうか見渡した。ハト肉のパイは惜しいことをしたわね。さて、次の料理、コールドビーフにブルドッグが足を突っ込んでしまったのだ。ブルドッグは長男がパーティーに潜り込ませて連れて来たのだった。

3. カーナビー夫人はせっかち（fidget）だった。全員が帰って来るまで、気が静まらなかった。最初に帰って来たのはカーナビー氏だったが、機嫌がわるかった。散歩から帰ろうとしたとき、100ヤードも歩かぬうちに、ヘビのねぐらを踏んでしまったのだ。妻に見つかったら、血が黄疸になってしまうと言われそうだった。二番目に帰って来たのは、ミスター・ホッジスだった。いらいらしていたミス・カーナビーの目には緑のおじさん像からまっすぐに帰って来たのではないことがはっきりしていた。三番目はカーナビー坊ちゃんだった。彼は小さな赤いブラックベリーを3個得たのはよかったが、指を5か所イバラに刺され、どこかの紳士に無断で他人の土地に入ってはいかんと怒られた。ブルドッグのボクサーは4番目だった。彼は3本足で帰って来た。公園のウサギを荒らさないように、猟場の番人に皮膚に6号コショウをたっぷり塗られていた。かわいそうにボクサー（ブルドッグ）がブタのように血を舐めていたので、カーナビー夫人が叫んだ。ブルドッグは傷ついているのを夫人が気づいてくれたので、感謝のしるしに、絹の衣装にコショウの皮膚を

こすり付けたので、ひどい蹴りをくらった。日傘か雨傘の柄が折れそうなくらいの力だった。お手伝いとふたごは一時間も帰って来なかったので、母親の心配は極度に達した。全員が食事につこうとしたとき、ベツィー（お手伝い）が子供たちと一緒に帰って来た。彼らの口はブルーや赤の汁でよごれていた。一行のなかには植物にくわしい人がいなかったので、彼らが食べたのはノバラ、サンザシ、コケモモ、あるいは毒ナスか分からなかった。しかし母親は「毒」だと確信した。そこで食事の前に、まず、火を焚いて、釜で湯を暖め、子供たちは薬を飲まされた。二か月前、マーゲートに汽船で遠足したとき、海が荒れていたので、気分がわるかったときと同じだった。その後、次のようなことが分かった。彼らは森の中で本物のジプシー女（a real gipsy woman）に出会ったのだ。

4. それから、ようやく、食事時になった。特に喜んだのは、おなかがペコペコのふたごだった。しかし、すでに述べたように、馬とイヌ（ブルドッグ）のおかげで、食べ物は、みじめな状態だった。全員がすわって、ミセス・カーナビーが人数を数えると、長男が、またしても、どこかに行ってしまっている。見つかるまでは食事は始められないと母親が言うので、父親が探しに出かけた。息子はすぐに見つかった。濡れた溝に坐って泣いていたのだ。ブルーのスーツの下にはいている茶色のスーツをカキ（oyster）の貝殻にひっかけて、泥だらけになっていたというわけ。父親は、怒りと空腹のため半狂乱となり、いつもの「おとなしく、隠れていろ」の命令をくだし、シダの葉で泥をきれいに落とし、「食事はなしだぞ」とやんわり言って、連れ戻した。すすり泣きがすんで、話しができるようになった。どうしてこんな目にあったんだ、説明しろ、と父親が言った。息子は、散歩していると、森の中で草を食べている元気なロバを見つけた。鞍と馬勒（ばろく）をつけてはいたが、飼い主はいないように見えたので、ロバの背中に乗った。マーゲート（Margate）では、誰でもそうしているから。ところがロバは突然、まっしぐらに走りだし、森の真ん中にあるジプシーのテントに来て、やっと止まっ

た。彼らは全員が振り向いて、ロバを奪って逃げるとは何事だ、と激しくののしった。突然、魔法にかかったかのように、帽子も、ハンカチも、ポケットに入っていたお金も、全部落としてしまった。「さっさと逃げろ」と言われ、その通り、逃げた。生垣を跳び越えたら、その向こう側は泥沼だった。

5.　今度は、ミス・カーナビーが居心地わるくなった。引っ込み思案の性格だったので、人前(ひとまえ)で食事をするのは気が進まなかった。今日は隣町のマーケットデーだったので、カーナビー一家の「てんやわんや」は大勢の農夫や豚肉屋に見物されていた。そこで、母親は、少し激しい言葉を交わしたあと、娘にロマンチックな風情に浸りたいんでしょ、もっと静かな所へ行きなさいと言った。そして、その通りにした。婚約者ホッジス氏も彼女に付き添って、食事とお茶は、あとにしますと言って、立ち去った。その間、ベツィーは緑のおじさん像のところに黒ビール（stout）を買いに行かされたのだが、怖い目にあったと言いながら、ビールのジョッキが、からっぽのまま帰って来た。なんと、彼女は森の中で、ごろつきにつかまり、黒ビールを全部飲まれてしまったのだ。カーナビー氏は直ちに飛び上がって、ごろつきを罰するために出かけようとした。だが妻は心の平静を取り戻して、夫の上着のうしろの裾(すそ)をぐいと引っ張ったので、立ち上がる前に大きなプラムパイの上にどっかり坐ってしまった。子供たちがあんなにも楽しみにしていたのに。この様子を見ていた10人ほどのボロを着た餓鬼(がき)どもがはやし立てるのを聞いて、夫が激怒して、ピクニックを企てたのは誰だ、と叫ぶや、参加した全員を呪った。妻はこれにはがまんできない。ピクニックに出かけたからといって、愚かな夫がプラムパイの上に乗っかることはないでしょ、と鋭い声で言い返した。もし娘のミス・カーナビーが突然現れなかったら、この小さな喧嘩が、どんな結果になるか予想もできなかっただろう。彼女は地べたにしゃがみ込んで、キック・ヒステリーと母親が呼んでいた状態に陥った。

6.　ミス・カーナビーがタイミングよく戻って来たので、父親と婚約者は食事を直ちに片づけて、わが家へ帰るのが最善という意見に達した。しかしカー

ナビー夫人は耳を貸そうとしなかった。一生に一度、森の中でお茶を飲みたかったのに、と言った。ふたごも長男も母親に賛成した。まだ何もお楽しみが始まっていないじゃないの、と子供たちが言った。これは、なるほど、議論の余地はなかった。そこで、薪（たきぎ）が集められ、火がつけられ、お釜が煮立った。お茶の道具が並べられ、バターつきのパンが切られ、事態は楽しくなるように見えたので、ホッジス氏は「わが小屋は森のそばにあり」を楽器コンチェルティーナで演奏し始めた。ところが途中で中断せねばならなくなった。男の子の群衆が音楽を聞きに、「田舎のお祭り」を見に集まって来たのである。しかしカーナビー夫人は嬉しかった。「カップからリップまで（飲み物が口に入るまで）には、いろいろあるものよ」（there is many a slip between cup and lip）と言った。

　彼女がお湯をご自慢のチャイナティーポットに入れようとした瞬間、公園の柵の向こう側で鉄砲が鳴った。マールバラ伯爵夫人の時代（17世紀）と違って、カーナビー夫人は神経を集中させることが出来なかった。彼女は茶釜を大事なティーポットの上に落してしまった。ティーポットは粉々（こなごな）に砕け、茶釜がそのまわりに座った。こぼれたお湯がそばに咲いていたヒナギクやタンポポをうるおした。不運は重なるものである。ブルドッグのボクサーは、銃砲を聞いて、吠え声をあげると、まるで6号コショウをもう1オンス塗りつけられたかのように、茶道具のまわりを突き抜けて走り回った。見物人たちは、これを見て歓声をあげ、あらゆる冗談を浴びせ始めた。「噛まれた雑種犬に噛みつく」という、例の精神をもって。彼らは枯れ木を火に投げ込んだので、たき火のような火になってしまった。そのうえ、彼らは残った茶道具を標的に投げつけた。大胆な男の子たちは、バターパンを勝手に食べ始めた。戸外では自宅開放すべきであるという原則でもあるかのように…。結局、散々な、まことにお粗末な遠足でした。

Pisani, Vittore ヴィットーレ・ピサーニ（1899-1991）ミラノ大学教授。印欧言語学が専門で、Geolinguistica e indeuropeo（言語地理学と印欧語, 1940）

やCrestomazia indeuropea（印欧語選文集，1974³；A.SchleicherのIndoger-
manische Chrestomathie, Weimar 1869を模倣したもの），Sprachbund（言語連
合，lega linguistica, jazykovoj sojuz）がある。Crestomazia p.77の古アイルラ
ンド語のfer 'vir'（男）の単数主格fer＜*wiros, 対格fer＜*wirom, 与格fiur＜
*wirū＜-ōi, 属格fir＜*wirī-＜ei（?），呼格fir＜*wire,…（下宮『アンデルセン
余話10題』2015）。この祖形はJ.PokornyやR.Thurneysenにもなく、Pisaniの
業績である。Pisaniは『一般言語学と比較言語学、印欧言語学』Bern（1953）
の中で「ヨーロッパが200年かけて築いた言語学をアメリカは20年で吸収
し、ソ連は2年で咀嚼しようと努めている」と書いている。

pléonasme 重複表現。suffisamment assez（十分に十分），rursum dēnuō（ふ
たたび新たに），kohlrabenschwarz（石炭のように黒い），siōpôn ouk eph-
thégksato 'schweigend sagte er nicht' 彼は黙して語らなかった。冗語「年取っ
た女のおばさん」「ちっちゃなコビト」「太ったデブ」「白髪のシラガ」

plural poétique ［Marouzeau補足］詩的複数。der poetische Plural（Hirt,
Idg.Gr. VI. §18.5）Instr.語尾は本来、単数・複数は同じだった。ギリシア語単
数stratóphin 'vom Heer', eskharóphin 'auf dem Herde', klisúēphi 'bei der Hütte',
phrêtrēphin 'bei dem Geschlecht', agélēphi 'bei der Herde', 複数naûphin 'bei
den Schiffen', autôîsin ókhsphin 'mit dem Wagen', óresphi 'auf den Bergen',
stêthesphin 'auf Brücken', サンスクリット語naktabhis 'bei Nacht', ゲルマン語
*nahtam夜に。

Polish language（ポーランド語）西スラヴ語の一つ。言語人口は5,000万
（うち、国内3,800万）。首都ワルシャワWarszawa, 第二の都市はクラクフ
Kraków. 年来の友人川島淳夫氏（獨協大学名誉教授）がAnnemarie Słupski
（スウプスキ）のPolnisches Elementarbuch（ポーランド語入門，Heidelberg,
1961）を日本語に訳して、私も1部いただいたので、以下に、この言語につい
て、少し紹介する。英語ではPolish languageというが、ポーランド語では形
容詞があとについてjęzyk polski（イェンズィク・ポルスキ）という。フラン

ス語la langue polonaise（ラ・ラング・ポロネーズ）と同じである。形容詞は
いつもうしろかというと、そうとも限らない。a good boyはdobry chłopiec
（ドーブラ・フウォピェツ；y [i]；冠詞はない）だが、good morningはdzień
dobry（ジェン・ドーブラ，よい日を）で、goodはうしろにくる。

　panはMr.（ミスター）の意味だが、その集合名詞państwoは「国家」と「夫
妻」の意味がある。państwo polskie（パンストヴォ・ポルスキエ）「ポーラン
ド政府」；państwo Kowalscy（パンストヴォ・コヴァルスツィ）「コヴァルス
キKowalski夫妻；kowalは 'smith' の意味」。「ワルシャワはポーランドの首都
である」のような場合、「首都」はinstrumental（造格）に置かれる。Warsza-
wa jest stolicą Polski（ヴァルシャヴァ・イェスト・ストリーツォン・ポルス
キ）のstolicąはstolicaストリーツァ（首都）の造格。

　Polandは「野の国」の意味である。poleポーレ「野」

　ショパンChopinは、ポーランド読みはホピン。

polygenesis［Marouzeau補足］言語の多起源説。monogenesis（言語単一
起源説）に対す。sound sequence creation（Décsy, Global Linguistic Connec-
tions, 1983）と言い、音素の組み合わせは言語により異なる。スペイン語vaca
［バカ］牛、cava［カバ］洞窟。日本語バカ「馬鹿」、カバ「河馬」。

Pottier, Bernardベルナール・ポティエ（フランスの言語学者，1924-）
Présentation de la linguistique. Fondement d'une théorie. Paris, Klincksieck,
1967. わずか78頁の小冊子だが、言語学の全分野が収められ、言語学の百科辞
典ともいうべき内容である。専門はロマンス語（とりわけスペイン語）と意
味論。1991年、Pottierはヨーロッパ言語学会創立25周年で「過去→現在→未
来（aimé→aimant→à aimer）」の講演を行った。筆者はStructure de la
langue allemande à la Pottierienne（ポティエ式ドイツ語の構造，Lingua Pos-
naniensis 49, 2007, 143-151）の中でドイツ語の諸相をPottier式に解明した。先
生に抜き刷りをお送りしたところ、礼状をいただいた。Pottier式とは、簡潔
な定義と、平易な例をあげることである。

proclitique［Marouzeau補足］後接語：a book, on the bookにおけるa, on, theのように、次に来る語と一緒に発音される。

prospectif 前望。prospectif-spectif-rétrospectif前望・現望・回顧（Pottier, 1991）a pencil→this pencil→the pencil；出会い→結婚→離婚（津田塾大学生の作品）；人生の目標→それに向かっての努力→成功（満足感、報酬）；明日は富士山を目指すぞ→それが実現した→いい思い出になったなあ。

protolanguage［Marouzeau補足］祖語。25万年前に南アフリカに「祖語」protolanguageが存在し、15万年前に'full' languageに発達した（Jean Aitchison, Oxford, 2008, at Seoul）

quaternary pronominal system［Marouzeau補足］コソアド四体系（ko-so-a-do 'this-that-it-which'）。T.Shimomiya, Lingua Posnaniensis, 46, 2004. 図式はJ.Kuryłowicz.

$$
\begin{array}{c}
\text{ille (he)} \\
\uparrow \\
\text{quis (who)} \\
\swarrow \qquad \searrow \\
\text{iste (you)} \quad \text{hic (I)}
\end{array}
$$

quatre-vingts（キャトル・ヴァン）フランス語quatre-vingtsは4×20だから80のはずだが。1978年夏、サラマンカに向かう途中、パリのアウステルリッツ駅で食事をした。ハム入りパンとコーラ。80サンチーム（80円）は安いな、と思ったが、小銭を整理しながら、きっかり80サンチーム出すと、キャトル・ヴァン、キャトル・ヴァン、と2度言ったあと、キャトル・フラン・ヴァンと念を押した。なるほど、キャトルとヴァンの間にポーズがあったのだ。4フラン20サンチーム（420円）なら、納得の値段だ。

racine（印欧語根の二段階）frühidg.→spätidg.（W.Meid）H=laryngal

$H_1ed-> ed-$（edō 'eat'）→$dheH_1-> dhē-$（gr.títhēmi 'set'）

$H_2eg-> ag-$（agō 'drive'）→$steH_2-> stā-$（lat.stō 'stand'）

$H_3ed-> od-$（odor 'smell'）→$deH_3-> dō-$（lat.dō 'give'）

red rose（まっかなバラ）この話は、1992年、学習院大学化学科（Chemie）1年生のドイツ語授業の期末試験（7月）の答案の裏に、宮島明里さんが書いてくれたものです（ドイツ語表題Rote Rose）。

　私が小さいころ、テレビで影絵の紙芝居のような形式でやっているのを見たもので、作者や題名などは覚えておらず、また筋もうろ覚えなのですが、その影絵の美しさだけは不思議と覚えているのです。

　あるとき、一人の貧しい青年が一人の美しい娘に恋をしました。青年が結婚を申し込むと、娘は「まっかなバラを持って来て。そうしたら、あなたと結婚してあげるわ」と言いました。

　青年は必死に探しました。黄色いバラ、青いバラ、ピンクのバラ、そして白いバラ…だけど、赤いバラなんて、どこにも見つかりませんでした。

　ある晩、青年が、失意のあまり、窓辺で泣いていると、小さな訪問者がありました。それは、青年と仲良しの白い美しい小鳥でした。

　「どうして泣いているの？」小鳥はたずねました。青年は、美しい娘に恋をしたこと、彼女と結婚するには、赤いバラが必要なこと、しかし、そのバラが見つからないことを、小鳥に話しました。小鳥はしばらく考えていましたが、突然「ついて来て」と言って、飛び立ちました。

　青年があとをつけて行くと、小鳥は白いバラに降り立ちました。「これは白いバラじゃないか。」青年がとがめるように言うと、小鳥はちょっとうしろを振り向き、そして、とめる間もなく、そのバラに自分の小さな心臓を刺してしまったのです。

　すると、どうでしょう。小鳥の血で、白いバラは赤く染まって行き、やがて紅（くれない）の美しいバラになったのです。

　驚いて差し出す青年の手の中に、小鳥はゆっくり落ちて行きました。「どうして、こんなことを…」嘆き悲しむ青年に小鳥は言いました。「早く、これを彼女に持って行って…」

　それっきり、小鳥は動かなくなりました。

青年は、まっかなバラを握りしめ、娘の家のドアを叩きました。ややあって、出て来た娘は、しかし、一人ではありませんでした。

　娘は、左手の薬指を青年にかざして言いました。

　「見て、このルビー。きれいでしょ。あなたが持って来たそのバラよりも赤くて、ほんとうに、すてき。これは、このかたがくださったの。私、このかたと結婚するわ。」

　娘は、かたわらの紳士を見上げました。

　そして、青年の前でドアは閉じられました。青年は、じっと赤いバラを見つめ、小鳥を思いました。やさしかった小鳥を思いました。

　このクラスでは、授業中、マネッセ文庫（Manesse-Bibliothek, Zürich）のヨーロッパの童話（Europäische Märchen）の中からお話を紹介したりしました。foggy glasses（くもったメガネ、本書p.26）も、そのころの作品です。

　（出典：下宮『ドイツ・西欧ことわざ・名句小辞典』同学社 1994）

reedwarbler, The story of（ヨシキリ物語）

　ヨシキリはウグイス科の小鳥です。ヨシはアシ（reed）と同じです。これは南の国から飛んできて、祖国デンマークで夫婦で子育てをする話です。原典はCarl Ewald（カール・エーヴァル, 1856-1908）のEventyr i udvalg（童話選集, Copenhagen 1941）の中のDen stille sø（静かな池）で、大町文衛訳は『よしきり物語』（甲鳥書林、東京・京都、1942, 東海大学付属図書館）となっています。表題のreedwarblerは「アシでさえずる者」の意味です。

　春のある日、一羽のヨシキリが南の国の池のほとりに、薮の枝に止まって美しい声で歌っていました。エサにするハエもたくさんいたし、毎日を楽しく暮らしていました。その歌をうっとりして聞いている小さい、かわいらしいヨシキリの娘がいました。「ぼくは、これから生まれた国に帰るところなんだ。アシやブナが生えている静かな池が、なつかしいなあ。」「あたしもそこへ帰りたいわ。」「じゃあ、結婚して、故郷の池に、巣を作ろうよ。」二人は、何日も飛び続けて、5月の末に、故郷のデンマークに着きました。

ヨシキリの夫婦は、協力して、大きな、立派な巣を作り、ヒナを育てました。タマゴが5つ見えますね。

　両親は、子供たちに、栄養をたくさん与え、丈夫に育てねばなりません。そして、秋には、長い旅行をせねばなりません。ところが、ヨシキリのお父さんは、人間の流れ弾に当たって、死んでしまいました。お母さんは、どんなに悲しんだことでしょう。子供の一人が、不具のまま育ちました。南へ旅立つとき、「お母さん、私は、みんなについて行けません」と言うではありませんか。お母さんは、しばらく、かわいそうな、わが子を見つめていましたが、このまま置いて行ったら、オオカミかネコに食べられてしまうわね。いっそ、私が、お前を殺して、葬ってあげることにしましょう、と言って、お母さんは、わが子の頭をつついたので、子供は死んでしまいました。

　原作者のエーヴァルは鳥、魚、植物の習性に詳しく、彼らの生活を、愛情をこめて描きました。日本語訳の大町さんは、英訳から訳したものです。

rendaku（連濁）sequential voicing（die Erweichung des Anlauts im zweiten Kompositionsglied　ドイツ語は村山七郎のドイツ語定義）。アマ・ド、アマ・ガサ、ヒト・ビト、カネ・ガネ。揺れのある例：高田はタカタ、タカダ

（高田馬場はタカダノババ）、大川はオオカワだが、小川はオガワ、ウスク
チ、アマクチだが、イリグチ、ワルグチ。村山先生（1908-1995）は当時、順
天堂大学ドイツ語教授だったが、筆者は1964年、東京教育大学でロシア語中
級の授業を受け、ドイツ学術交流会DAAD（Deutscher Akademischer Aus-
tauschdienst）という制度を知り、ボン大学に留学することができた。先生
は、のちに九州大学言語学教授、京都産業大学アルタイ語教授になった。

Rhein, der（The Rhine, Le Rhin, ライン川）

　ライン川はアルプスの少女ハイジの故郷マイエンフェルトを流れ、スイス、
ドイツを流れ、オランダを通って北海に流れ込む。その語源は印欧祖語*sreu-
「流れ」である（ギリシア語rhéō流れる；pánta rheî 万物は流転す）。英語
stream, ドイツ語Stromはs-rの間にわたり音-t-が生じた結果である。

　ライン川は古代ローマの詩人に「ヨーロッパの下水道」（Kloake Europas；
ラ cluō掃除する）と呼ばれ、同じローマの詩人アウソニウス（D.M.Ausonius,
310-395）に「いと美しきラインよ pulcherrime rhene」と歌われた。

　ライン川は1200年ごろ成立のドイツ英雄叙事詩『ニーベルンゲンの歌』の
舞台になっている。このNibelungは霧の国（neblige Unterwelt）の息子
(-ung) の意味で、地下の財宝を守っている小人族である。これを英雄ジーク
フリート（Siegfried）が征伐して、その財宝を引き継ぐ話である。ライン川
の左岸、フランクフルトからハンブルクまでヨーロッパ横断特急列車（Trans-
Europa-Express）が走り、ライン川の景勝地になっている。

**　ライン川よ、おまえを洗ってくれるのは、だれか。**

Der Rhein in Dichtung und Farbaufnahmen（Luzern, 1976）

Wer wäscht den Rhein? [たしかに、川は、よごれている]

　　英国詩人 Thomas Hood（1799-1845）

　僧侶とその死体の町ケルンで、殺人的な敷石の町、ケルンで、浮浪者と、
女どもと、売春婦の陰謀の町で、私は72ものにおいを数えた。みな、違う、
その上、悪臭だ。下水、沼、穴にいるニンフたちよ！　ライン川は、おまえ

たちの市を洗い、清めているのだ。天の神々よ、教えてください、いったい、だれが、この哀れなライン川を洗ってくれるのか。（トマス・フッド）

　ライン川は詩と伝説を生み、ブドウを栽培し、ワインを作り、遊覧船を運び、特急列車ユーロシティの乗客を楽しませる。だが、川は濁っている。

rhème［Marouzeau補足］陳述。thème vs. rhème　論題 vs. 陳述［ギ rhēma 'that which is spoken, rhētōr 'speaker'］ギリシア語には thēma の単語はなく thésis「論題」がある。ma（中性名詞）も sis（女性名詞）も名詞を作る語尾である。次のギリシア語は日本でもカタカナ語として用いられる。aroma, drama, gramma, systema；analysis, catharsis, metathesis, synthesis.

Romanche（ロマンシュ語：スイス第四言語）

　スイスはドイツ語（言語人口490万）、フランス語（150万）、イタリア語（50万）と並んで、第4の公用語、ロマンシュ語（3万8千，英 Rhaeto-Romance, ド Rätoromanisch, フ romanche）が存在することで、言語学者の関心を呼んできた。交通と近代文明の発達にもかかわらず、このような少数言語が元気に存在していることは、注目に値する。ロマンシュ（romanche）はラテン語 lingua romanica（ローマの言語）のフランス語の形である。

　以下は河崎靖・坂口友弥・熊坂亮・Jonas Rüegg 共著『スイス・ロマンシュ語入門』（大学書林、2014）の書評である。ロマンシュ語の中で話者数が最も多いスルシルヴァ方言（Sursilvan, Obwaldisch）が中心に扱われ、地誌、文法記述、テキスト、語彙集が与えられている。

　序「ロマンシュ語の現状」（河崎，1-8頁）はスイスの言語人口、グランビュンデン州の公用語とされるロマンチュ・グリシュン（Rumantsch Grischun）、方言地図、諸方言の用例、ミニ文法が紹介される。指示代名詞「この」の変化 quest/quels/questa/questas とか、形容詞「大きい」grond,「より大きい」pli grond,「最も大きい」il pli grond（イタリア語に近い）。

　第1章第1節「ロマンシュ語の文化誌」（Rüegg, 9-29）。ロマンシュ語の英語名レト・ロマンス語のレト（Rhaetia）とは何か。シェルピヨ（André

Cherpillod, Dictionnaire étymologique des noms géographiques, Paris, Masson, [2]1991）によると、レトはエトルリアの王で、ガリア人により北イタリアに追放された。北イタリアのフリウリ語（friulano）もロマンシュ系統だが、こちらのほうは言語人口60万で、スイスのロマンシュ語よりずっと多い。カール大帝の治世下（9世紀）にドイツの役人が浸透し始めて、ドイツ語の影響が始まり、ロマンシュ語圏の縮小が1600年ごろまで続いたが、1900年ごろロマンシュ語のルネッサンス（Renaschientscha Retorumantscha）が国民の間に起こり、今日に至っている。ロマンシュ語圏に属する116の自治体のうち78の小・中学校がロマンシュ語で授業を行い、新聞2紙と民間ラジオ1局がロマンシュ語を採用しているという。

第1章第2節「ドイツ語との言語接触」（河崎，30-43）。借用語の例としてラテン語silva「森」の代わりにドイツ語Waldが用いられるようになり、silvaはSursilvan（Obwalden）、Sutsilvan（Unterwalden）のような地名に残る。vorkommen「現われる」の表現は翻訳借用されてvegnir avon, gnir avantなどとなる。ロールフス（Gerhard Rohlfs, Romanische Entlehnungen aus germanischer Grundlage. Materia romana, spírito germanico. München, 1983）はドイツ語weggehen＝イタリア語andare via（＝andarsene, フ s'en aller）の例をあげている。

第1章第3節「スイスのドイツ語」（熊坂，44-50）。書き言葉としては標準ドイツ語を使用するが、代名詞の親称「きみ」du（弱形t）が定動詞の直後に位置するときは、たいてい省略される。Woane gaasch?（きみはどこへ行くのか）。チューリヒ方言にはフランス語からの借用語が多い。Billeet（＜フbillet；ドFahrkarte), Gwaföör（＜フcoiffeur；ドFriseur), Schüpp（＜フjupe；ドRock), Velo, Welo（＜フvélo；ドFahrrad), retuur, rötuur（＜フretour；ドzurück), mèrssi（＜フmerci；ドdanke）など。チューリヒドイツ語Es chunt chaalt「寒くなる」（ドes wird kalt）をロマンシュ語ei vegn freidと比べると、chunt（来る）がロマンシュ語vegnir（来る）の影響を受けて

wird（…になる）の意味に用いられていることが分かる。ロマンシュ語の freidはフ froid, イ freddoである。

　第2章「スルシルヴァ文法」（河崎・坂口, 51-94）は本書の中核をなす重要部分である。文字と発音、名詞、代名詞（イタリア語にきわめて似ている）、形容詞、前置詞、接続詞、否定、数詞、動詞、助動詞、過去形、再帰用法、命令法などが扱われている。

　第3章「スルシルヴァ方言のテキスト」（坂口, 95-115）は4つのテキストを短文に分けて語釈しており、とても分かりやすい。

　第4章「ロマンシュ語語彙集」（河崎, 坂口, Rüegg, 116-146）は挨拶などの基本表現（はい、いいえ、ありがとう、おはようなど）を標準ドイツ語、スイスドイツ語、フランス語、イタリア語、スルシルヴァ方言、ラディン方言で掲げ、スイス旅行に役立つ会話（あなたはスイスで何をしますか、など）をドイツ語、フランス語、イタリア語で掲げ、全体が実用編となっている。

　食事・買い物・旅行関係の用語は標準ドイツ語、スイスドイツ語、フランス語、イタリア語、スルシルヴァ方言、ラディン方言で掲げている。標準ドイツ語 guten Morgen「おはよう」、guten Tag「こんにちは」、スイスドイツ語 guete Morge, guete Tagを見ると、「朝」と「昼」が区別されているが、フランス語 bonjour, イタリア語 buongiorno, スルシルヴァ方言 bien di, ラディン方言 bun diでは「朝」も「昼」も同じになっている。giorno（< diurnus）と di（< dies）を比べると、後者のほうが古形を示している。「あなたはスイスで何をしますか」のイタリア語はChe cosa fate…?（p.119）よりもChe cosa fa…? が普通だと思われる。フランス語 Avez-vous? はイタリア語Ha? またはHa Lei? が普通。「このテーブルは空いていますか」のイタリア語Questo tavolo è libera?（p.128）はlibera を liberoにするかQuesta tavola è libera? とすべきだ。tavoloは「事務机、レストランのテーブル」、tavolaは「食卓」である。古典ラテン語にはこの区別がなく、tabula（板）のみだった。

　本書は日本・スイス国交樹立150周年記念事業とある。人口720万、面積は

北海道の半分、平和の国スイスは話題が多い。2014年6月には皇太子殿下がスイスを訪問し、Neuchâtelで英語のスピーチを行った。ヌシャテル「新しい城」は形容詞＋名詞の順序になっているが、同じ意味のシャトーヌフ Châteauneufは名詞＋形容詞の順序になっていて、ロマンス語的になっていて、フランスに何か所もある。皇帝AugustusはRhaetiaのワインを好んだそうだ。2005年ごろ、Hamburg-Köln-Koblenz-Frankfurt-Basel-Zürich-Chur の Eurocity（Rhätia号）という特急列車があった。日本人にとって、なつかしい「アルプスの少女ハイジ」のテレビアニメ（1974年）の舞台Maienfeldは人口4000の町で、Graubünden州にある。マイエンフェルトはショルタ（Andrea Schorta, Rätisches Namenbuch, Bd.2, Bern, 1964）によると、ケルト語magus（野原）の集合名詞magiaに同じ意味のドイツ語feldをつなげた二言語併置名（bilingual name）である。いまはドイツ語圏になっている。

　第2版の機会があったら、「スルシルヴァ方言・日本語」のグロッサリーがほしい。できれば語源（ラテン語相当語）もつけてほしい。vin tgietschen「赤ワイン」（p.63）のtgietschenやtedlar「聞く」など、Meyer-Lübkeのロマンス語語源辞典になかったので。（『ドイツ文学』150, 2014, p.156-158.）

root（語根）アラビア語の語根KTB「書く」からKaTaBa 'he wrote', KiTāB 'book', KāTiB 'writer'が作られる。サンスクリット語も同じで、Bhū 'to be, to exist' からBhava or Bhavana 'being', Bhāva 'existence', Bhuvana 'the world', Bhū or Bhūmi 'the earth' が作られる。（Sir Monier Monier-Williams, A Sanskrit-English Dictionary, Oxford, 1899, 1982, p.xiii）アラビア語とサンスクリット語は系統が異なるが、語根という概念は同じだ。

Russian folktale（ロシア民話）7つの星。むかし、ロシアに、ひどい日照りが続いていました。病気のお母さんのために、一人の少女が水を探して村の道を歩いていました。しかし、水など、どこにもありません。少女は疲れて、いつの間にか眠ってしまいました。目をさますと、ヒシャク（ladle）の中には水が一杯に入っていたのです。少女は、喜んで、お母さんのもとに

急ぎました。途中で、一匹のイヌが、ハアハアと死にそうになっていたので、水をほんの少し飲ませてやりました。すると、木のヒシャクが、いつの間にか、銀のヒシャクに変っていました。家に着くと、お母さんは喜んで、ゴクリゴクリと水を2口飲みました。あとはお前が飲んでおくれ、と娘に渡しました。すると、銀のヒシャクが金のヒシャクに変っていたではありあせんか。おまけに、その水は、いくら飲んでもなくなりません。お母さんも、少女も、すっかり元気になりました。そして、村の人たちにも飲ませてあげました。すると、ヒシャクの中から7つのダイヤモンドが飛び出して、7つのヒシャク形の星（北斗七星，The Great Bear）になったということです。

（下宮『世界の言語と国のハンドブック』大学書林、2001[3]）

Russian Reader, The Portable （ロシア読本）New York, The Viking Press, 1947. 658頁。編者Bernard Guilbert Guerney（1894-1979）はロシア生まれの作家、翻訳者、出版者であるが、その博読、ペンの力量は、ただならぬ人物を思わせる。Guerney（ガーニー）はイギリス海峡の島Guernsey（ガーンシー；語源はGraniの島）に似ている。本書は17世紀、Fonvizin, Krylov（クルィローフは童話で有名），Pushkin, Gogol, Turgenev, Dostoevsky, L.N.Tolstoy, Garshin, Gorki, A.N.Tolstoy, Ilya Ehrenburgなどを採り上げている。ただし、ChekhovのWard 6（6号室）は恐ろしくつまらない。チェーホフの専門である医学用語がたくさん出て来る。「桜の園」のほうがよかったのに。最後のエレンブルク（1891-1967）はソ連の雪解け作家で、『雪解け』（Ottepel', 1954）でデビューした。

ローマ皇帝カール5世は、スペイン語は神と語るにふさわしい、フランス語は友人と、ドイツ語は敵と、イタリア語は女と語るにふさわしい、と述べたが、ロモノーソフ（1711-1765）は、ロシア語は、そのすべてを持ち、そのうえ、ギリシア語とラテン語の創造力・豊富・簡潔をそなえている、と言っている（On the Russian Tongue, p.vii）。BonnのClementで2007年に購入した（16ユーロ）。Daniel of the oubliette（p.16）もごらんください。

Saito Shizuka （斎藤静, 1891-1970）

イェスペルセン著『時間と時制』Tid og Tempus（1914）斎藤静・山口秀夫訳。篠崎書林 1956. v + 103pp.

斎藤静は福井大学教授。斉藤は当時、福井中学校の英語教諭であったが、市河三喜（東京帝国大学教授）や出版社冨山房の助力を得て、1931 年 8 月 28 日ジュネーヴ大学で開催された第二回国際言語学者会議（Second International Congress of Linguists）に日本代表の一人として出席し、English Influence on Japanese（日本語に対する英語の影響）の研究発表を行った。この発表は Actes du deuxième congrès international des linguistes（Paris, 1933）に印刷され、いま読んでも立派な内容である。

日本語訳『時間と時制』の序文によると、「この日、20 時 30 分から Club International（Kursaal）で fellowship dinner party が催され、自分も招待されて列席した。その会がすんでから帰る途中、Otto Jespersen 教授と二人きりで Quai de Mont Blanc をそぞろ歩きしながら、いろいろな話をする機会を得た。私は、そのとき、「言語と文法に対する先生の基礎理論ともいうべきものを書かれたものが、ございませんでしょうか」とおたずねしたところ、「Tid og Tempus（時間と時制）があります。デンマーク語で書いてあるので、読みにくいかもしれませんが、読みたいならば、贈ってあげましょう」と答えられ、お帰りになられてまもなく送っていただいたのが、この『時間と時制』（1914）であった。

この本はコペンハーゲン大学英語学教授 Otto Jespersen（1860-1943）の言語哲学、文法哲学の要約と見なすことができる。これが、のちに The Philosophy of Grammar（1924）になった。これには半田一郎訳『文法の原理』（岩波書店, 1958, 第 10 刷 1971）がある。

時間（time）は過去・現在・未来の三つであるが、時制（tense）は英語の場合、過去完了、過去、現在完了、現在、未来、未来完了の 6 種をもち、それに、それぞれ進行形があるから、非常に多くなる。ロシア語のような場合、

進行形はないが、完了（perfective）と未完了（imperfective）のアスペクト（aspect）があり、「明日私は書く」のような場合は完了体現在present perfectiveを用いてJa napišú závtra（ヤ・ナピシュー・ザーフトラ）といい、「私は毎日書く」のような繰り返される場合は未完了現在を用いてJa pišú každyj den'（ヤ・ピシュー・カージュドゥイ・ジェン）という。

「1回的」（semelfactive, odnokratnyj）であるか、「多回的」（multifactive, mnogokratnyj）であるかによって、動詞が異なる。

現代ギリシア語に関しても、このことは当てはまる。現代ギリシア語「私は（規則的に）書く」はgráphô（グラフォ）といい、「私は（臨時的に、いま、今晩）書く」はgrápsô（グラプソ）という。この-s-はアオリスト（不定過去）のsである。phsはpsとなる。

『時間と時制』は共訳になっているが、本文は山口秀夫さんの訳らしい。誤訳が1個所あるので、指摘しておく。デンマーク語のjeg rejser imorgenをI start in the morning.と訳しているが、imorgen（正書法ではi morgenと離して書く）はtomorrowの意味である。p.23も同じである。私ならI leave tomorrowと訳す。in the morningのデンマーク語はom morgenenである。ラテン語cras（明日）がついているのに。

Salamanca（サラマンカ）

スペインのサラマンカ大学で、私は1974年10月から1975年2月まで、ミチェレナ先生（Prof.Dr.Luis Michelena, 1915-1987）のもとで、バスク語を学んでいた。Sunny Spainというが、冬は寒い。サラマンカ市の中央に広場（Plaza Mayor）があって、日曜日には、市民も学生も、ベンチに座り、わずかな太陽の日差しをエンジョイしている。そんなとき、東京教育大学でお世話になった福田陸太郎先生の還暦記念論集『英語文化を巡って』（英潮社、1976）の寄稿を求める手紙が弘前から回送されたときは、とても嬉しかった。私は、早速、「北欧神話と英語」という小論文を書いて、送った。Lorentz Frølich（フレーリク）の挿絵（オーディンと巫女の会話、ウルドの泉に水を

宇宙樹の根にそそぐ三人の運命の女神）を添えた。

salt（塩）は海の色、涙の味、大海のごとき大量（is the color of the sea, the taste of tears, the enormity of oceans）2003年、スカンジナビア航空（SAS）の機内食の塩の小袋にあった。SASの職員の作った3行詩。

Salvadorian folktale（エルサルバドル民話）知恵のカギ。エルサルバドルは中央アメリカの小さな国です。知恵のカギ（key）は、生まれたときに一緒にさずかる魔法の小さな金のカギです。このカギは持ち主しか使えません。毎日、磨いて、大事にしないと、錆びてしまいます。錆びたり、無くしたりすると、頭がわるくなり、不幸になります。エルサルバドルに一人の王子がいました。ある日、川のそばを馬で通ると、美しい娘が水浴びをしていました。脱いだ衣服のそばに知恵のカギがピカピカ光っていました。王子はそれをこっそりお城に持ち帰りました。水から上がったパキタは、というのが娘の名前なのですが、さあたいへん、いくら探しても、大事なカギが見つかりません。家に帰って両親に告げると、父親は名付け親（godparent）のところに行ってごらん、と言いました。名付け親は、困ったねえ、王さまに相談してごらん、と言いました。お城に急いで行く途中、王子に出会いました。王子がどうしたの、とたずねると、彼女は答えました。「大事な知恵のカギをなくしてしまったのです。」「きみのカギは、ぼくが持っているよ。ぼくと結婚してくれたら、返してあげるよ。」そこで、彼女は結婚を承諾しました。国の名エルサルバドルEl Salvadorはスペイン語で救世主the Saviourの意味です。パキタPaquitaはフランシスカFranciscaの愛称です。

（下宮『世界の言語と国のハンドブック』大学書林、2001[3]）

Scythian［Marouzeau補足］スキュタイ語。現代語はオセート語（Ossetic）。貴重な文献「ナルト伝説」Nartensagenについてフランスの神話学者デュメジルGeorges Dumézil（1898-1986）は Légendes sur les Nartes, suivies de cinq notes mythologiques（Paris, 1930）の中で詳細に研究している。日本の神話学者、吉田敦彦氏（学習院大学名誉教授）はデュメジルの教え子。

sémantique 通時的意味論。sémantique diachronique（Coseriu）
次の例は「人」が「男」と「女」を区別するに至ったことを示す。

ラ homo（vir と fēmina を含む）→ フ homme（femme を含む）

vir　fēmina

homme　femme
（mon mari）（ma femme）

Seoul（ソウル学会報告，1996）

　1996年6月21日（金）から6月23日（日）までの3日間、ソウルで第4回アジア・ヒスパニスト会議（IV. Congreso Asiático de Hispanistas, 会長Prof. Dr.Kim-I-Bae）が開催され、私も参加したので、その模様を報告する。これはアジア諸国のスペイン語・スペイン文学・中南米研究の学者のための学会で、第1回が1985年ソウル、第2回が1990年マニラ、第3回が1993年東京（清泉女子大学）で開催されたのに続く第4回である。本来、北京が開催予定であったが、経済的な理由で、急遽、招致を断念したために、1996年1月、ソウルが犠牲的精神を発揮して、身代わりを決断したのだった。プログラムの内容と組織は、関係者の賞賛を得た。

　参加者200名のうち、日本からは36名で、その半分は日本の諸大学でスペイン語を教えているスペイン人やメキシコ人であった。日本からの参加者のうち、林屋永吉（もとスペイン大使、中南米諸国の領事、上智大学・清泉女子大学教授、グワテマラ民族叙事詩『ポポルブフ Popol Vuh』の翻訳者）、近松洋男（天理大学教授）、西俣昭雄（亜細亜大学教授）、瓜谷良平（拓殖大学教授、1993年没）の4氏に1993年東京大会の感謝状と記念品が授与された。

　第1日（6月21日）はホテル「教師教育相互基金」（TEMF = Teachers and Education Mutual Fund）で17：00まで登録（registration）があった。受付は若い女性だったので、助手ですかと尋ねると、ソウル大学スペイン語科の正教授（profesora numeraria）とのことだった（後出）。スペイン教育図書出版社Edelsaの図書展示があり、私も何冊か購入した。19：00から21：00の間、

歓迎の食事会が行われ、林屋先生を中心に日本人4名、台湾からの代表3名と一緒のテーブルについた。

第2日（6月22日）は国立ソウル大学で総会があり、スペイン王立アカデミーの番号会員（académico de número）Francisco Rodríguez Adrados, およびスペイン政府関係者の講演があった。アドラドス氏はマドリッド大学のギリシア語教授で、ギリシア語・スペイン語辞典を編纂中だが、アカデミーのスペイン語辞典、スペイン語文法も編纂中で、スペイン語辞典の語源についての話題が中心だった。たとえば、poesía（詩）はギリシア語起源だが、直前の源はフランス語poésieであることを記載しなければならない。アドラドス氏は、私の崇拝するアントニオ・トバールAntonio Tovar（1911-1985, もとサラマンカ大学学長、ラテン語教授、チュービンゲン大学の比較言語学教授、『バスク語概説』第2版、1951の著者）の教え子であり、私の名は1985年、トレドToledoの学会以来、覚えていてくれて、シモミヤ、おまえは1993年の東京大会にはいなかったな、と言ってくれた。私は1993年、清泉女子大学でHacia una tipología del español（スペイン語の類型論のために）を発表したのだが、気後れがして、彼には挨拶をしそびれたことを伝えた。

昼食は学生食堂で、せっかくの機会なので、韓国料理をいただいた。食後、13：30から14：00の間、キャンパスの休憩室で林屋・近松・西俣・金城・宮越・下宮の6人で談話した。この会議に参加した人たちが今後もコンタクトを保ち、このコングレスを発展させるようにしたい、と。午後のスペイン政府関係者との懇談では、とくにInstituto Cervantesの日本設置の計画が、その後、どのようになっているか、について質問してほしいと林屋さんから頼まれたので、天理大学の山崎氏のあと、私が質問した。スペイン側は、日本設置に躊躇している様子だった。

第3日（6月23日）はKyung-Hee大学（1949年創立、私立大学、学生数3万）で研究発表が行われた。12の部門に分かれ、私は言語学の部門で「スペイン語と他のロマンス諸語との比較 El español vs. otras lenguas románicas」

という発表を行った。それに対してモスクワ大学のGrigoriev氏は、いろいろ細かい点をついて講評してくれた。宮越智子氏（青山学院大学国際政治学科4年生）の「日本におけるフラメンコEl flamenco en Japón」はフラメンコの録音テープを聞かせたりして、なかなか好評だった。宮越さんは私の比較言語学の授業に参加していたので、このコングレスのことを伝えると、自分も参加して発表すると決意したのだった。西俣昭雄氏の「アジア諸国におけるスペイン系労働者の問題Sobre la situación de los trabajadores en los países asiáticos」は、質問が殺到した。

　午後の発表のうちでは、モスクワ大学Vinogradov教授の「ロシアにおけるスペイン学の現在と将来Hispanística en Rusia – presente y futuro」と金城宏幸氏（琉球大学講師）の「日本における最もラテン的な地域La región más latina del Japón」を最も興味深く聞いた。ロシアではスペイン語・スペイン学の研究が盛んで、過去30年の間にスペイン学で博士号を取得した者は200名に達し、スペイン語学習人口はテレビ学習を含み50万人である。スペイン学科のある大学はモスクワ、サンクト・ペテルブルク、ノボシビルスク、ハバロフスク、ピャチゴルスクの5つであるが、最後のものはコーカサスの山中にあり、レールモントフの『現代の英雄』の舞台になっている。Pjati-gorskは「5つの山」の意味である。1935-1936年のスペイン内乱の時代に、スペインから大勢この地域に移住したとのことだった。

　金城氏の「日本における最もラテン的な地域」は、南米における日系人の多くは沖縄の出身であり、アルゼンチンの場合、3万人の日系人のうち70％、ペルーの場合65％、ボリビアの場合60％がそれぞれ沖縄の出身であるという。彼らの2代目、3代目の子孫が、奨学金を得て、祖国沖縄の大学に留学し、したがって、沖縄が最もラテン的な地域というわけだ。琉球大学では、英語以外の第2外国語の履修者は、ドイツ語416名、フランス語535名、中国語576名、スペイン語624名で、スペイン語が最も多いが、専任教官は、それぞれ7名、5名、2名、1名で、スペイン語の教官が一番虐待されている。

第3日（6月23日）の17：30-19：00は、参加者のために韓国民族舞踊（danza folclórica coreana）があり、美しい衣装と舞踏を鑑賞した。特に「雪の花」la flor de nieveの、雪の中で舞う少女たちの姿は幻想の世界のようであった。19：30-21：00にKyung-Hee大学のキャンパスでお別れのガーデンパーティ（recepción-cena de despedida）が開催され、この大学の創立者Dr.Young-Shik Chough（法学）、ソウル駐在スペイン大使、スペイン外務省役員と話す機会があった。

　今回の大会会長Prof. Kim I-Baeの娘Kim Un-Kyung（受付で登録を担当していた女性）はマドリッド大学のManuel Alvarのもとで形態統辞論のテーマで博士号を取得し、まだ30そこそこにしか見えないが、現在ソウル国立大学スペイン語科の教授（4名のうちの一人）で、彼女の夫君Kim Han-Sangも同じマドリッド大学の同じ教授のもとで博士号を得て、Kyung-Hee大学教授とのことで、彼氏はバスク語も研究していたので、Antonio TovarやLuis Michelenaの名を知っていた。スペイン大使Zaldívarサルディーバルの名は、案の定、バスク語で、zaldi「馬」、var「谷」（valle）だった。-varはSimon Bolívarにも見える（1819年、スペイン軍を破り、ペルーとボリビアを解放した）。

　林屋永吉先生は、前日の総会会場の冷房のために風邪をひき、予定より早く帰国したかったのだが、飛行機の空席が得られず、結局、ホテルに一日中、とどまった。

　第4日（6月24日）帰国日。7：00チェックアウト。友人の谷口勇氏（2020年、83歳没、立正大学大学院教授、英語学、ロマンス語学、ロシア語からの翻訳もあり、アラビア語もできる）は、今年の1月、よいテーマを思いついたので、早速申し込んだんだが、その後、何の音沙汰もなく、参加を断念したのだそうだ。郵便事故としか考えられない。私は彼と同室を申し込んだので、部屋代を支払わねばならなかった。私は7：30ホテルのシャトルバスに乗り、地下鉄駅Yangjaeから3度乗り換えて9：10に金浦国際空港に着いた。空港でJALはどこですかと尋ねたら、チャルは、あそこです、と発音していた

（ジャがチャとなる）。ソウルでは空港手数料9000ウォン（1300円）かかった。韓国航空704便は予定通り11：00に出発し13：00に成田に着いた。

　ソウル学会の感想は、（1）ソウルは、学問も産業も、高度に盛んであること、ソウル国立大学のキャンパスが東大以上に広く、自然が美しいこと。もう一つの会場であるKyung-Hee大学はSchool of Liberal Arts and Sciences, School of Law, School of Political Science and Economics, School of Oriental Medicine, School of Medicine, School of Dentistry, School of Pharmacy, School of Music, School of Nursingなどをもつ総合私立大学で、幼稚園も同居していた。私が接した学者は、みな、優秀であること、学会に来ていた韓国のビジネスマン（42歳）は多企業の社長で、日本は、いまに沈没するぞ、と言いたげなファイトマンだった。1945年8月、日本から解放されて、韓国は、遅れを取り戻すべく、並々ならぬ努力をしたにちがいない。

　（2）韓国訪問は、今回、初めてであったが、私自身は、ハングル文字が読めぬため、大いにくやしい思いをした。外国を訪れる者は、その言語を多少は知っておくべきなのに、私はそれを怠ってしまった。

　私の発表したEl español vs. otras lenguas románicas（スペイン語と他のロマンス語との比較）の要旨は、次のとおりである。

1. 総論

1.1 スペイン語は西ゴートの上層（superstrato visigodo）とアラビア語を上層にもつ唯一のロマンス語で、それは地名Burgosブルゴス（ゴート語baúrgs, ドイツ語Burg, 城）、Guadalquivirグワダルキビル（アラビア語al-wādī al-kabīr 'the-river the-big, the big river', 大きな川）に見られる。バスク語における接層（adstrato vasco）もある。スペイン語における代名詞の繰り返しは、バスク語の接層かもしれない（A.Tovar）。他の言語：フランス語（ケルト語の基層、ゲルマン語の上層）、ルーマニア語（ダキア語の基層、スラヴ語の接層、バルカン的改新）

1.2. 他のロマンス語にくらべて、ラテン語の古い層が残る：comer（食べる）

<ラテン語com-edere（一緒に食べる）；hermoso（美しい）<ラテン語formo-sus（形formaをもった，cf.英語shapely）。M.Bàrtoliは遠隔地に残る古語（ar-chaism in remote areas）と説明するが、ローマから見れば、スペインもフランスも、同じくらいの距離であると思われる。

1.3.　形態法（morphology）における膠着的性格（carácter aglutinante）：una-s casa-s blanca-s 'some white houses', la-s casa-s blanca-s 'the white houses'（B.Pottier 1968）。これをフランス語des maisons blanches, les maisons blanch-esと比較すれば、スペイン語のほうが、フランス語より膠着的であることがわかる。

1.4.　文化史的には、日本と最も古い関係はスペインで、東洋の使徒、フランシスコ・シャビエル（Francisco Xavier）の日本宣教は1549-1551であった。

2.　正書法

2.1.　規則外のアクセントを正書法で表示することは、スペイン語特有である。アクセントにより、意味を区別することができる。término（期限）、ter-mino（私は終わる）、terminó（彼は終わった）；bésame（私にキスして）、me besa（彼は私にキスする）。

2.2.　疑問符（¿?）と感嘆符（¡!）を文あるいは語の前にも後にも上下逆につけるのはスペイン語特有。J.Grimmによると18世紀以後。

3.　音論

3.1.　母音5個、子音19個（E.Alarcos, B.Pottier）。

3.2.　二重母音（ie, ue）が他とくらべて多い（括弧内はポルトガル語）：viento（vento風）、hueso（osso骨）

3.3.　鼻母音がない：mano手, panパン（ポmão, pão）

3.4. ciento, diez, cada, cadena（百、10、おのおの、鎖）などにおける［th］［dh］の音はスペイン語特有。

3.5.　bとvの混同。発音が同じであるため。1974年Salamancaに留学中、そこの寮母がdeja la llave para limpiar la havitación（部屋を掃除するため鍵をその

ままにしておきなさい）と書いていた。llave, habitación が正しい書き方である。

3.6. 重子音（consonante geminada）がない：女子名 Ana（Anna でなく）。英語、ドイツ語、フランス語は、みな、子音の重複発音が、にがてである。日本語、フィンランド語、ロシア語はアンナ・カレーニナのように Anna の n を二つ続けて発音することができる。ラテン語 canna はスペイン語で caña（カーニャ、ビール1杯）となった。

3.7. 硬口蓋音 ll は他の言語よりも多い。対してのあとはポルトガル・フランス・イタリア・ルーマニア語の順。

caballo（馬）に対して cavalo, cheval, cavallo, cal.

castillo（城）に対して castelo, château, castello, castel

llave（鍵）に対して chave, clef, chiave, cheie

llevar（運ぶ）に対して levar, lever, levare, lua

3.8. h＜f：hacer（する、作る）に対して fazer, faire, fare, face；hijo（息子）に対して filho, fils, figlio, fiu

3.9. 母音前置（prótesis vocálica）：escuela, escola, école に対しイ scuola, ル scoala；estella（星）, フ étoile, ポ estrêla に対しイ stella, ル stea

3.10. 語頭の h：ス haber ポ haver に対してフ avoir, イ avere, ル avea

3.11. 異化（disimilación）：ス árbol（木＜ラ arbor）、イ albero に対してポ árvore, フ arbre, ル arbore；ス marmol（大理石＜ラ marmor）に対してフ marbre, ポ mármore, イ marmo, ル marmură

4. 形態統辞（morfosintaxis）

4.1. nos-otros（女性 nos-otras）debemos 'we must' スペイン語は「われわれ」の男女を区別することができる（nos と -emos はともに1人称複数を表すが、André Martinet はこれを signifiant discontinu（不連続能記）と呼んだ。フランス語 nous autres Japonais（われわれ日本人）と同じ表現で、フランス語は inclusive "we" である。

4.2. 二人称敬称usted, ustedesはvuestra merced（your mercy）から来た（17世紀）。ポvocê＜vossa mercê, o senhor, a senhora, ルdumneata, dumnea-vostră＜domina voastră

4.3. 目的格代名詞の位置（posición de pronombres atónicos）：フje le lui donne 'I give it to him' ＝スse lo doy, ポlho dou or eu dou-lhou, イglielo do, ルî li dau；フje le lui donnerai 'I'll give it to him' ＝スse lo daré, ポdar-lhe-ei（tmesisは文語）

4.4. スconmigo, ポcomigo 'with me'はラテン語cumの二重表現（tautólo-go）に対してフavec moi, イcon me, ルcu mine.

4.5. 数詞16をスは10＋6（dieciseis）, ポもdezasseis, イsèdiciは6＋10, ルşaisprezece（スラヴ語式に "six-on-ten"）

4.6. ラsecundus, スsegundo, ポsegundo, フsecond（deuxième）, イsecondo, ルdoilea（doi＋le＜ille）

4.7. 動詞の人称変化：スvoy（行く）、vas, vas, vamos, vais, van（全人称が同じ語根）に対して、ポvou, vais, vai, vamos, ides, vão, イvado, vai, va, an-diamo, andate, vanno.

4.8. "j'ai été" ＝スhe sido/estado, ポtenho sido/estado, イsono stato, ルam fost.

4.9. "I was there/I went there" ＝スfui allí, ポfui allí（方向性の欠如）

4.10. （動詞の人称不定形infinitivo pessoalはポルトガル語特有である）can-tar-esきみが歌うこと 'that you sing', cantar-mosわれわれが歌うこと 'that we sing'.

4.11. 未来形：ラcantabo 'I'll sing'→スcantaré, ポcantarei, フje chanterai, イcanterò, ルvoi cînta（口語am să cînt, o să cînt）

4.12. "mon ami" ＝　スmi amigo, un amigo mio, 　イil mio amico, un mio amico.

4.13. "il y a deux ans" ＝スhace dos años, ポhá dois anos, イdue anni fa, ル

acum（＜ eccum modo）doi ani.

4.14.　多機能前置詞a（Mori/Thun 1984）：

ir a la ventana = ans Fenster gehen.

ir al teatro = ins Theater gehen.

ir a Madrid = nach Madrid fahren.

ir a la playa = zum Strand gehen.

busco a mi madre（I am looking for my mother）人間の目的格。

al salir de Madrid（マドリッドを去るときに）

　　ルーマニア語のla も多機能である（＜ illac）

4.15.　"yes" = ス si, ポ sim, イ si, フ oui（＜ hoc ille），ル da＜スラヴ語。フランス語以下はロマンス語域における周辺地域の異語（heterogloss）。

4.16.　se habla español（スペイン語が話される）＝ ポ se fala espanhol（fala-se espanhol），イ si parla italiano, フ on parle français, ル se vorbeşte româna.

4.17.　比較級：ラテン語 magis novus（or vetus）→ ス más nuevo/viejo, ポ mais novo/velho, フ plus nouveau/vieux, イ più nuova/vecchio.

4.18.　対格のa：ス veo a mi madre（I see my mother），cf.　ル o ved pe mama.

4.19.　"se lo doy a usted"（I give it to you）のような代名詞の繰り返し（ルーマニア語も）

5.　語形成（formación de las palabras）：

5.1.　cortauñas（爪切り）、cumpleaños（誕生日）「目的語＋動詞」の複合語。

5.2.　指示語尾 -ito は形容詞にも見られる：bonito, pobrecito, poquito.

6.　語法（fraseología）：

6.1.　ス buenos días「こんにちは」複数形は、めずらしい。ほかは単数である：ポ bom dia, フ bonjour, イ buon giorno, ル bună dimineaţa.

6.2.　ス gracias（ありがとう）、ポ obrigado（女性の場合はobrigada；英語のI am obligedの表現にあたる）、フ merci, イ grazie, ル mulţumesc「私は多くを負うている」が原義。ラテン語 multum, -esc は inceptive 語尾。

6.3. "me gusta el libro" は英語の I like the book とドイツ語の Das Buch gefällt mir の2種がある。ポ eu gusto do livro, フ j'aime le livre, イ mi piace il libro, ル îmi plac cartea.

6.4. "estoy enfermo" = ポ estou doente, フ je suis malade, イ sono malato, ル sînt bolnav（ロシア語 bol'nój）

7. ことわざ（refrán）:「ローマは一日にして成らず」はス No se ganó Zamora en una hora「サモラ城は1時間では得られなかった」（1072年、王位継承をめぐってスペイン西南部の城に立てこもった故事による）、フ Paris n'a pas été bâti en un jour, イ Roma non fu fatta in un giorno. ロシアでは「モスクワは一日で建てられたのではなかった」という。

8. 語彙（léxico）:

8.1. フランス語対その他:「家」maison/casa,「肉」viande/carne…（フランス語はラテン語 vīvendae「生きるに必要なもの」より）

スペイン語対その他:「イヌ」perro/cane…

ポルトガル語対その他:「月曜日」segunda-feira/lunes…

イタリア語対その他:「木」albero/ス árbol（最初の r が異化）…

ルーマニア語対その他:「100」sutā（スラヴ語より）/ス ciento…;「戦争」război/ス guerra…;「21」douăzeci/ veinte…

全部バラバラ:「こども」フ enfant, ス niño, ポ criança, イ bambino, ル copil（ギリシア語 kopélla より；これはバルカン諸語共通）

8.2. 部分的相違:

1. 「森」:ス bosque, フ forêt, ル padure（<ラ paludem）

2. 「都市」:ス ciudad, フ ville, ル oraş［オラシュ］<ハンガリー語 város［ヴァーロシュ］より。

3. 「おかね」:ス dinero, フ argent, ル bani（原義は貨幣）

4. 「わるい」ス malo, フ mauvais, イ cattivo, ル rău.

5. 「少年」ス muchacho, ポ menino, イ ragazzo, フ garçon, ル băiat

6. 「少女」ス muchacha, ポ menina, イ ragazza, フ petite fille, ル fată

8.3. 放浪語（Wanderwort）の流入経路（cf.Ito 1994）

"café" の場合：

（1）トルコ語からルーマニア語へ、イタリア語からフランス語、ポルトガル語へ。フランス語から日本語へ。

（2）アラビア語からスペイン語へ。

［参考文献］

Collinge, N.E. 1986. 'The New Historicism and its Battle' Folia Linguistica Historica 7（1986），3-19.

Ito, Taigo（伊藤太吾）1994.『ロマンス言語学入門』大阪外国語大学学術研究叢書第11巻。

Lexikon der Romanistischen Linguistik. 1992. Hrsg. von Gunter Holtus, Michael Metzelin und Christian Schmidt, Bd.VI, 1. Spanisch. Tübingen, Max Niemeyer Verlag.

Martinet, André, 1960. Eléments de linguistique générale. Paris.

Mathesius, Vilém, 1930. 'On Linguistic Characterology with illustrations from Modern English', Actes du Premier Congrès International de Linguistes 1928, 56-63. Leiden.

Mori, Olga & Harald Thun, 1984. 'Qué rasgo es la preposición española "a"?' Navicula Tubingensis. Homenaje a A. Tovar. Madrid. 301-307.

Pottier, Bernard, 1968. 'La typologie'（pp.300-322），'L'espagnol'（pp. 887-905），dans "Le langage", ed. A. Martinet, Encyclopédie de la Pléiade, Paris.

Rohlfs, Gerhard, 1971. Romanische Sprachgeographie. München, C.H. Becksche Verlagsbuchhandlung.

Shimomiya, Tadao, 1993. 'Hacia una tipología del español' en：Actas del III. Congreso de Hispanistas de Asia 1993. Tokyo. pp.351-354.

Tovar, Antonio, 1954. La lengua vasca. 2.ed. San Sebastián.

Shimazaki Tōson 島崎藤村（1872-1943）

『ふるさと（少年の読本）』實業之日本社、1920. 著者の少年時代の思い出を綴った70編の作品で、241頁のポケットブックである。竹久夢二の挿絵4点が収められている。藤村は長野県馬籠（まごめ）村の生まれで、9歳のとき、木曽街道の馬籠から、いとこと一緒に2日歩いたところで乗合馬車に乗り、東京へ勉学のために出発した。

『エトランゼエ（仏蘭西旅行者の群）』（春陽堂、1922、432頁）は藤村が42歳から45歳（1913-1916）パリに滞在したときの記録である。小山内薫君はモスクワからパリに寄ったのだが、ここの滞在は9日間というあわただしさだった。午後から私は小山内君と二人でパリの学生町ともいうべきサン・ミッシェルの通りをパンテオンまで歩いた。国のほうに残しておいた子供たちのために玩具を町で買い求めて、それを小山内君に託したいと思ったのだ。［こんなお荷物を預かった小山内薫は迷惑だったろうなあ。自分で直接送ればよいのに］去るときに、小山内君は両替屋で大金のにせ金をつかまされ、大変だったろうなあ。その話を私が大寺君（経済学を学ぶためにパリに留学していた）に話すと、「それ見たまえ、フランス人が文明の中心として誇るパリの都にも、偽金と賄賂が行われているんだよ」と言った。

ドイツとフランスは交戦中だった。ドイツの飛行船はパリの市中と市外に爆弾を落として行った。町々の警戒は一層きびしくなって、あらゆる街路の燈火も消された。私は、けたたましい物音に眼をさました。「ゼエプランだ」私は急いで身支度をした。このゼエプランはツェッペリンのことである。

Sino-Japanese （漢語と和語 Sino-Japanese and Japanese proper, ドイツ語 echtjapanisch）「学校」は漢語だが、「学び舎（まなびや）」といえば和語になる。西暦4世紀から8世紀にかけて中国から日本に入ってきた文物（ぶんぶつ）（words and things）は甚大だった。「新聞」は和語なら「新しく聞いたこと」、「日本」は「日のもと」（origin of the sun）、「美人」は「美しい人」。健康、病気、保険、社会、平和など、和語で表わせば、とても長くなる。英語の場合、「王の」に kingly

（本来の英語、アングロサクソン語）と royal（フランス語）があるが、Kingly Academy とはいわず、Royal Academy という。

Society for Enjoying Scandinavia（北欧楽会）

「北欧楽会」20周年おめでとうございます。私が関係した学会はヨーロッパ言語学会、日本言語学会、日本英文学会、日本独文学会、日本ロマンス語学会など数多くあります。「学会」にもいろいろありますが、「楽会」というのは初めてです。「北欧を楽しみながら学ぶ会」と考えて上記の英語を作りました。

北欧楽会とのご縁は、2007年12月17日に「アンデルセン童話三題」の講演をしたときです。アンデルセン童話三題は、アンデルセンが出会った三人の女性と、そこから生まれた三つの童話『コマとマリ』『人魚姫』『ナイチンゲール』を紹介したものです。

北欧の魅力は、私にとっては、(1) アイスランド、(2) デンマークのアンデルセン、(3) ノルウェーのイプセンです。尾崎義先生の『スウェーデン語四週間』が1955年に出たときには、待ちきれなくて、大学書林まで買いに行ったものです。ストリンドベリも好きですが、スウェーデンは、あまり深くは勉強していません。

(1) アイスランドは絶海の孤島、人口32万人、北海道の面積の1.2倍、火山と氷河の国です。西暦874年にノルウェー人 Ingólfr Arnarson（インゴウルヴル・アルナルソン）が最初の移民者としてレイキャビクにやって来ました。レイキャビクは「煙湾」の意味です。温泉からわき出る蒸気が煙のように見えたからです。ハラルド美髪王（Harald the Fairhair, 在位872-932）がノルウェーの王になると、その圧政に不満を抱いた人々が、自由を求めて、アイスランドに移住しました。fara út（外へ行く）はノルウェーからアイスランドへ行くという意味でした。不毛の極寒の地で、彼らはノルウェー先祖伝来の神話、伝説、植民物語、家族物語を書き、長い冬の日々を過ごしました。930年、会議平原に民主的な会議、全島会議が開催されました。これはヨーロッ

パでは、初めての民主的な会議でした。人口は3万人でした。エッダ（北欧神話、英雄伝説）とサガ（散文物語）は、ラテン語が主流であった中世ヨーロッパ文学で特異のものでした。私の『エッダとサガの言語への案内』（近代文藝社、2017年、新書版、180頁）は、そのような内容の入門書で、序説、文法、テキスト・訳注、語彙を含んでいます。この機会を借りて、紹介させていただきます。

(2) アンデルセン（1805-1875）は、ご存じのとおり、童話の王様です。『人魚姫』や『マッチ売りの少女』は、いまや、世界の物語です。アンデルセンとグリムは私に人間的な言語学を教えてくれました。「人間的」というのは人間的な材料で言語を学ぶという意味です。

(3) イプセン（1828-1906）に、私は1990年代に熱中していました。時代を100年も先取りしたような『人形の家』（1879）に感動し、その材料だけでノルウェー語入門を書きたいと思いました。最初の4分の1ほど書いたあと、それは断念して、『ノルウェー語四週間』（大学書林、1993）を書くことができました。

　私は早稲田大学で森田貞先生（1928-2011）の教えを受け、東京教育大学大学院で、生涯の師、矢崎源九郎先生（1921-1967）に巡り会うことができ、幸運でした。私の専門はゲルマン語学・比較言語学で、『グルジア語の類型論』（独文，1978）や『バスク語入門』（1979）などの著書もあります。（北欧楽会報告集 vol.20, 2017）

Socrates and his wife（ソクラテスとその妻）

ソクラテスは若者に言ったそうだ。きみたち、結婚したまえ。良妻だったら幸福になれるよ。悪妻だったら哲学者になれるよ。下記の2行詩（下宮英訳）は弱強4歩格。

Xanthíppe ís the crág opáque　　　クサンティッペは靄^{もや}のかかった岩だ。

Socrátes fóund in márriage láke.　　結婚したとき、その岩は見えなかった。

　Socrates は英語式にではなくギリシア語のように sō-krá-tēs と読む。

　上の2行詩は、[-éik] の脚韻を踏んでいる。marriage lake（結婚の湖）：湖

は平穏な水たまりのはずだが、思わぬ障害物があるものだ。

原文はアンデルセンの『ABCの本』（ABC-Bogen, 1858）の

I ægtestands-sø skal der findes en klippe,

af Socrates blev den betegnet Xanthippe. である。

ソクラテスとその妻クサンティッペ（挿絵：柳田千冬）

sonorisation 有声化。クチ（mouth）→デグチ（exit）。英語 breath ［θ］→
動詞 breathe ［ð］。日本語の高田はタカタとタカダ（高田馬場）がある。フラ
ンス語では bonsai（arbre en pot）がボンザイ ［bōzaj］ と発音される。

Spauk（幽霊）「今晩は、と幽霊が言った」低地ドイツ語テキスト。H.Reis：
Die deutsche Mundartdichtung.（Sammlung Göschen 753），Berlin und
Leipzig, 1915. Hannover の北東にあるツェレ Celle の町（人口7万）の話。

1. In einem Dörpe lag en Rüter（Reiter），dei en Breif kreg, dat he an densel-
wen Awend noch na'n aanern Dörpe koomen schölle（sollte）.

ある村に一人の騎兵がいて、今晩、隣村に来るようにという手紙を受け
取った。

2. „Nimm dik in acht, seen（sagten）de Lüe（Leute）" tau öm（zu ihm），
wenn du ower den Beek（Bach）geist, sau grüße nich weer, wenn dik Guen
（guten, 語中のtが消える）Awend eboën（geboten）wart."

「小川を渡るとき、今晩は、という挨拶が聞こえたら、返事をしないように気をつけなさい」と村人が言った。

3. „Lat mik man (nur) gewähren, meine (meinte) de Rüter, mit dem Guen Awend will ik schon fertig weren (werden)."

「好きにさせてよ」と騎兵は言った。「今晩は、と挨拶されたら、ぼくは今晩は、とお返しするよ。」

4. Hei ging los, un ans (als) hei an dat Steg kam, dat ower den Beek lag, sach hei nix, awer hei höre (hörte), dat ein (einer, man) Guen Awend sëe (sagte).

彼は出かけた。そして、小川にかかっている小道に来たとき、何も見えなかった。しかし、今晩は、という声が聞こえた。

5. „Guen Awend", sëe de Rüter, un da sprok de Spauk weer (sprach der Spuk wieder)：„Ik hebbe bi Leftien (Lebzeiten) nei (keinen) Minschen guen Dach (Tag) un guen Wech eboen, nu moste ik ummegahn schont (schon) sau lange, ans düse ole Bohle (als dieses alte Brett) hier ligt. Nu du mik Guen Awend segt hast, kann ik ruhen un könnt ji ruhen."

「今晩は」と騎兵が言った。すると、幽霊が返事した。「私はいままで、どんな人間にも今日は、とか、途中気をつけて（Guten Weg, フランス語bon chemin）とか言ったことがありませんでした。この古い板（橋）がここにあるかぎり、私はここを徘徊しなければなりませんでした。いま、あなたが、今晩は、と私に挨拶してくれたので、私は休むことができます。そして、あなたも休むことができます。」

6. Von der Tit an hat sik dat Späukeding nich weer seihen laten.

このときから、幽霊は姿をあらわさなくなった。

［参考書］渡辺格司『低独逸語研究』大学書林、1943, 定価2円。総説 p.4-16, 発音 p.17-24, 文法 p.24-74, テキスト：フリッツ・ロイテル「フランス時代より」(1860) p.75-92,「わが闘争時代より」p.93-98, ロイテル語彙 p.101-197からなる。

著者（1902-1981）は大阪大学名誉教授。語彙が豊富で、大変お世話になった。1955年、神田の日清堂で購入した（50円）。

Story of Otei, The（お貞の話）ハーンの『怪談』（Kwaidan, 1904）の中の一篇で、お貞は医者の息子、長尾 長生の婚約者の名である。

　むかし、越後の国、新潟の町に、長尾長生という人が住んでいた。彼は医者の息子で、父の友人の娘お貞と婚約していた。長尾が研究を終えたら、結婚する予定であった。しかし、お貞は15歳のとき、不治の病といわれた肺病にかかり、死の近いことを知って、長尾に言った。「私たちは、子供時代から言いかわしておりました。今年の暮れには、結婚することになっていました。しかし、いま、私はこの世から去らねばなりません。けれども、信じてください。私たちは、またこの世でお会いできることを。」

　長尾はお貞を愛していたので、悲しみは深かった。しかし、一人息子だったので、結婚して家を継がねばならなかった。結婚後も、お貞の位牌に供物を供え、再会の際には、結婚するという誓文を置いた。その後、彼は両親を失い、妻と子供も失った。彼は、この世で、一人ぼっちになってしまった。

　悲しみを忘れるために、旅に出た。伊香保の温泉で宿をとったとき、一人の若い娘が給仕に来た。その顔を見ると、心臓が高鳴るのを感じた。彼女はお貞にそっくりだった。「失礼ですが、あなたは、私が知っている方に、そっくりなのです。あなたのお名前と故郷を教えていただけませんか。」

　すると、あの忘れられない声で、彼女は答えた。「私はお貞という名で、あなたは私の許嫁の長尾長生さまです。17年前、私は新潟で亡くなりました。あなたは、もし私がこの世に帰ってくるとこができたら、結婚しようと約束してくださいました。だから、私は帰って来たのです。」

　こう言って、彼女は気を失ってしまった。

　長尾は彼女と結婚した。そして、幸福な余生を送った。しかし、彼女は、その後、伊香保での出会いを思い出すことができなかった。

　この「お貞物語」（l'Histoire d'Otei）は桃井鶴夫著『基礎仏蘭西語の研究』

（太陽堂書店、1937）、藤原誠次郎著『基礎仏蘭西語の研究』（葛城書房、1951）
にも、訳読の章に載っている。

Strindberg ストリンドベリの『結婚物語』より。

　アウグスト・ストリンドベリ（1849-1912）の『結婚物語』（Giftas, 1884, 英
訳Married, 1913）は結婚にまつわる30の短編集で、わが国にも3種の翻訳が
ある。そのなかの「秋」を紹介する。

　結婚してから10年たっていた。二人は、はたして幸福だったろうか。まあ、
幸福だったと言っていいだろう。もっとも、結婚の最初の1年の間は、絶対的
祝福としての結婚生活の夢が破れたために、多少の幻滅がなくはなかった。2
年目からは子供が生まれ始めた。毎日の生活が忙しくなり、そんなことを考
えている暇がなかった。

　夫は非常に家庭的であった。あまりに家庭的でありすぎると言ってもいい
くらいに。結婚後10年目に、夫は刑務所監察官秘書に任命され、役目上、出
張旅行をしなければならないことになった。8月のある日、これからまる1か
月もの間、妻や子供たちと別れて暮らさねばならないと考えると、耐えられ
ない気持ちだった。

　出発の前夜、彼はソファーに座って、妻が荷造りしているのを眺めていた。
アイロン台やかまどの上に屈み込むために、背がまるくなっている。妻は夫
のために彼女の美しさを失ったのだろうか。いや、家族みんなが形作ってい
る小さな社会のためにだ。

　リンチェーピングのホテルに着いた。首都からお偉方が着くからというの
で、盛大な祝宴が開かれた。囚人のためにではなく、彼らを監視するために
やってきた者たちのために、である。

　祝宴が終わり、ホテルの部屋に、孤独な部屋に戻ると夜になっていた。横
になり、葉巻に火をつけた。時間を持ちあまして、カバンの中の本を探そう
として、起き上がった。何もかも整頓して詰められていて、ほじくり出すの
に気がひけるほどだった。

彼は妻と話がしたいという必要に迫られた。そこで彼は便箋をとり、机に座った。どういうふうに書き出したらよいか。今は、昔の婚約者、恋人に宛てたものでなければならない。そこで彼は書いた。昔のように「リリーよ、いとしい人よ」と。

　返事が来るまでに二三日かかった。待っている間、彼は子供のように恥ずかしくなったり不安になったりするのを感じた…。こうしてラブレターの交換が始まった。彼は毎晩書いた。そして彼は、またやさしくなった。

　彼は毎日書いた。彼女からも、ていねいに、そのつど来た。子供の世話もあろうに、忙しかろうに。夫婦の間に子供が介在してはならない。妻も同じ考えだった。こうして瞬く間に1か月が過ぎようとしていた。再会の日は近い。彼は不安になった。彼女は恋文の中のままだろうか。それとも生活に疲れた主婦だろうか。再会は、婚約時代のヴァクスホルム（Vaxholm）のホテルにしよう。

　二人の計画は成功した。昔と同じように食事をし、コーヒーを飲み、彼女がピアノをすこし弾いた。そして1泊した。翌日、家に帰ると子供たちが走り寄って1か月前の父と母に立ち返った。ある晴れた秋の日のことだった。

＊　　　　＊　　　　＊

　日本での知名度は、アンデルセンやイプセンには及ばないが、スウェーデン文学史では最高峰に位置する。1912年、ノーベル文学賞を与えないスウェーデン当局に憤慨した労働者たちは、貧しい財布の中から拠金し、5万クローネをストリンドベリに贈った。

［注］Linköpingは'flax market'の意味。köping「市場」はJönköping, Norrköping, Nyköpingにも見られ、単にKöpingの町もある。チェーピングは「買物市場」の意味である。köpa「買う」の派生語で、ドイツ語kaufen「買う」と同じ語源だ。名詞形Kauf「購買、購入」の複合語Kaufhof「購買御殿」は「デパート」の意味となる。Kaufの語源はラテン語caupō（宿屋、居酒屋）である。夫とリリーの再会したホテルVaxholmのholmはStockholmのholmと同

146

様「島」の意味。ロシア語kholm（ホルム、丘）はゲルマン語からの借用語である。（『北欧楽会ニュースレター4，2018』；出典：下宮『ドイツ・ゲルマン文献学小事典』同学社、1995）

substratum［Marouzeau補足］基層。1. substratum：ラ lūna＞フ lune [y]．ūが［y］になったのは、そのもとにあったガリア語（Gaulish, Gallic）の影響であるが、そのガリア語は死滅してしまった。

2. superstratum（上層）：フ guerre, blanc＜エ war, blank.
英語からフランス語の上に乗り込んだ。

3. adstratum（側層）：フ le chien, un chien, j'ai vu, il est allé＞ド der Hund, ein Hund, ich habe gesehen, er ist gegangen. 文法的影響。冠詞、不定冠詞、完了時制の発達は、フランス語からドイツ語に、フランス語から英語に伝わった。これらの言語は、隣接していたからである。文法的に語法が共通していることをEuropean syntax（ヨーロッパ的統辞法）という。日本語の「彼」「彼女」、関係代名詞を模倣した「彼が出会ったところの女性」なども、明治時代以後、英語から伝わった語法である。

Swissair（スイス航空）1974年12月23日（月）、冬休みになったので、私はマドリッド発8：00チューリッヒ行きのスイス航空に乗った（当時サラマンカ大学にバスク語研究のために冬学期1974年10月〜1975年2月に留学していた）。ところがバーゼルに着陸変更になった。なぜ、とスチュワーデスにたずねると、duty folkと言った。「義務・民衆」って住民税のことかな、と思った。彼女の言いたかったのはdue to fog（霧のため）だったのだ。彼女はfogのgをkと発音した（語尾なのでドイツ語ではkとなる）。oを長く発音する（これもドイツ語の習慣）ので、フォークとなったわけだ。機内の掲示には気がつかなかった。着陸地変更のために、スイス航空は、Basel-Zürich間の特急1等乗車券を支給してくれた。1時間あまり、とても快適な汽車の旅だった。当時、スイス国鉄のキロあたり運賃は、日本の国鉄の4倍だった。

syncretism融合。格の融合、語形の融合を指す。OE stān, stānes, stāneが

現代英語はstone, of stone, to stoneとなった。古典ギリシア語hoi 'the'（男性複数）とhai 'the'（女性複数）は現代ギリシア語ではともにhoi［発音i］となった。ドイツ語定冠詞der, die, dasの複数はすべてdieとなり、フランス語定冠詞le, laの複数はともにlesとなった。スペイン語elの複数はlos, 女性laの複数はlas, ポルトガル語定冠詞o, aの複数はos, asで、区別が残る。

synecdoche 提喩（補足）。一部で全体を表す。パンは食料の代名詞（今日もわれらに日々のパンを与えよ）。日本語でも「パンの稼ぎ手」（bread winner）とか、人数の代わりに「頭数」という。

syntax がmorphologyになる。he love-dのdはdidから来た（Boppsche Theorie）。逆に、古典ギリシア語agorásō（-s-は未来）'I shall buy' は現代語で小詞tha を用いて、th' agorázō という（tha＜thélô na 'I wish that…'）。

syntaxe statique（catégorie）はgenre, temps, aspect…を扱う。syntaxe dynamique（fonctions）はnœud verbal（動詞結節, he eats, eats bread）, substantival, adjectivalを扱う。Lucien Tesnière（1893-1954）のPetite grammaire russe（1934）は、いろいろな点で、画期的なロシア語文法である。

système（体系）言語は、あらゆるものが関わり合っている体系である（La langue est un système où tout se tient. A.Meillet, 1902, conférence d'ouverture, パリ高等学院における就任講演）はL.Hjelmslev, Sprogsystem og sprogforandring.（København, 1972）に引用され、遺稿として出版された（L.Hjelmslev, 1899-1965）。イェルムスレウはコペンハーゲン大学言語学教授で、コペンハーゲン学派として20世紀の言語学を飾った。

taste（味、味覚）日本語はサクサク、ソクソク、カリカリ、ホカホカ、フックラ、みずみずしい、など、食、食感、味覚の表現が豊富だ。このうち、サクサク、ソクソクなどは1000年も前からあるという。別腹といえば、お菓子ならまだ食べられる、のような場合に用いられる（I have room for sweets, beer）。umamiが国際語になっているらしい。愛用のAmerican Heritage Dictionary（2006）を見るとsweet, sour, salty, bitter（あまい、酸っぱい、塩

からい、にがい）についで5番目の味となっている。コペンハーゲンのコックがumamiと言っていた。ウマミは語感がよくない。おいしい、美味、風味のほうがよい。

Teaspoon Mother（スプーンおばさん, Teskjekjerringa）おばさんがスプーンのように小さくなっちゃった。ノルウェーの童話作家アルフ・プロイセン Alf Prøysen（1914-1970）作。朝、だんなが仕事に出かけたあと、ベッドで一眠りして目が覚めると、こびとのように小さくなって、スプーンに乗っていたのです。スプーンはおばさんが行きたいところへ、どこへでも、飛んでいってくれるのです。スプーンおばさんが、洗濯して、と命令すると、洗濯してくれます。太陽に向かって、洗濯物を干すから照らして、と言うと、日がさんさんと輝いて、あっという間にかわいてしまいました。あとは、ホットケーキを作らねばなりません。ポットさん、手伝って、と言うと、ポットの中に入っているミルクを小麦粉にそそぎ、タマゴを入れて、フライパンに流しました。ホットケーキが30枚もできました。だんなが帰宅するとスプーンおばさんは、もとの大きさにもどっていました。仕事はどうだったの？　うん、うまく行ったよ。じゃあ、ホットケーキをいただきましょう。

tendance（言語変化の傾向）ドイツ語はTendenz, Sapirはdriftと呼ぶ。ヨーロッパ諸語の一般的傾向は語形の単純化（格の単純化、人称語尾の減少、時制の豊富化）である。Wilhelm Havers, Handbuch der erklärenden Syntax. Ein Versuch zur Erforschung der Bedingungen und Triebkräfte in Syntax und Stilistik（Heidelberg 1931）『説明的統辞論』は統辞法と文体における表現と衝動力を研究する試みで、条件においては民衆の論理、情緒思考、自己中心思考、表現の誤りなどが、衝動力には明晰（Klarheit）、表現の美（Schönheit des Ausdrucks）などがあげられる。ドイツ語 wir freuen sich（we are glad）は再帰代名詞の使用法の誤りで wir freuen uns が正しく、フランス語 nous s'en allons, vous s'en allez（we leave, you leave）も nous nous allons, vous vous allez が正しいのだが、両者ともラテン語の fuga anomaliae（不規則排除）、つまり

統一性への心理が働くためである。Havers（1879-1961）はK.Brugmann（1849-1919）の弟子でWien大学教授であった。

t euphonique（緩衝音t, 母音の衝突を避けるために挿入するt）フランス語 aime-t-il 'does he love', donne-t-elle 'does she give' これらのtは dort-il 'does he sleep', vient-elle 'does she come? などの類推で挿入された。E.Bourciez, Éléments de linguistique romane（Paris, 1923[2]），§550.

Tokyo（東京）ここは東京ネオン町。「大きな都会は大きな孤独」ラテン語 Magna cīvitās magna sōlitūdō はギリシアの時代からある。アテネの町は大都会。都会の砂漠、大都会の人々は忙しく、心はみなバラバラ、家路に向かう OLが頼れるのはペットのネコちゃんだけだ。（挿絵：柳田千冬）

ここは東京、ネオン町	I'm here in Tokyo, a town of neons,
ここは東京、なみだ町	I'm here in Tokyo, a city of tears,
ここは東京、なにもかも	I'm here in Tokyo, where everything was
ここは東京、嘘の町	but vanity and, illusion for me.

作詞・石坂まさを（1941-2013）、作曲・猪俣公章（1938-1993）、歌・藤

圭子（1951-2013）、英語は下宮、各行が5音節＋5音節になっている。

Tolstoi, Lev Nikolayevich （1828-1910）名句2個。

英語はMr.and Mrs.Aylmer Maude（Oxford World's Classics）による。

1. Loss and gain are brothers twain. 損と得は兄弟だ。gain-twain 脚韻。英訳のほうがうまい。ロシア語Baryšú naklád － bol'šój brat.（利益に損は兄）

2. Work was cheap but bread was dear. 仕事は安く、パンは高かった。

Topelius, Sakari （1818-1898）サカリ（Zachrisサクリス）・トペリウス作、万沢まき訳『星のひとみ』（1953）星のひとみというのは、星のひとみをもったラップランドの少女のことです。ラップランドというのは、国ではなくて、フィンランドの北にある地方の名です。

　ラップランドの夫婦が雪の山をおりて、家に向かっていました。おなかをすかせたオオカミの群れが夫婦を乗せたトナカイをおそってきました。トナカイは死にものぐるいで走りましたので、お母さんは、抱いていたあかちゃんを落としてしまったのです。雪の中に落とされたあかちゃんの上に、お月さまが光を照らしました。オオカミどもが、あかちゃんに飛びかかって、食べようとしましたが、あかちゃんの目にお月さまの光が乗り移っているのを見て、オオカミどもは、すごすごと引き返してしまいました。そのあと、買い物から帰る途中の、別のフィンランドのお百姓が、そのあかちゃんを見つけて、家に連れて帰りました。よかったですね。

　お百姓には三人の息子がいたので、星のひとみは、三人のお兄さんと一緒に育てられました。星のひとみは、神通力をもっていて、おかあさんの考えていることを見抜いてしまうのです。「牧師さんが来たら、お礼にサケをあげましょう。大きいのをあげようか、小さいほうをあげようか、小さいほうにしましょう」と考えていると、おかあさんの心をちゃんと見抜いているのです。星のひとみを三年間育てている間に、こんなことが、たびたびありましたので、おかあさんは、気味がわるくなって、星のひとみを「ラップランドの魔法使いめ」と追い出してしまいました。

お隣さんに、星のひとみが見つかったところに、連れてっておくれ、と頼んだのです。帰って来たおとうさんは、おどろいて、彼女が置き去りにされたところに急ぎましたが、もうそこにはいませんでした。星のひとみがいた間は、畑も家畜も幸運が続きました。しかし、彼女が去ってからは、不幸の連続でした。彼女がどこに行ってしまったのか、だれにもわかりません。だれか、よい人にひろわれたことを祈りましょう。

　作者はフィンランド生まれですが、スウェーデン語でこどものためのお話を書きました（Läsning för barn）。ヘルシンキ大学の歴史の教授、その後、学長になりました。TopeliusはToppilaをラテン語ふうに書きかえたもので、フィンランドの作曲家シベリウス（Sibelius）もラテン語の形です。

Tovar, Antonio（アントニオ・トバール, 1911-1985）サラマンカ大学古典語教授、のち学長。Tovarはバスク語にもくわしく、La lengua vasca（Monografías Vascongadas, 2, San Sebastián, 1954², 99pp.）の好著があり、Hugo Schuchardt（フーゴー・シュハート, 1842-1927, 生没年がVilhelm Thomsenと同じ）の『バスク語入門』（Primitiae Linguae Vasconum. Einführung ins Baskische, Halle a. Saale, 1923）の再版と解説・文献補遺を行っており、解説と文献補遺が有益だ（Tübingen, 1968）。Antonio Tovarは1982年、東京で開催された第13回国際言語学者会議（International Congress of Linguists）で、歴史言語学の全体報告（plenary report）を行った。

　私は『バスク語入門－言語・民族・文化、知られざるバスクの全貌Manual de lengua y cultura vascas』（パチ・アルトゥナPatxi Altuna監修；大修館書店、1979、1996⁴、388頁、詳細語彙つき）の扉裏に「本書をアントニオ・トバール先生、ルイス・ミチェレナ先生Prof.Dr.Luis Michelena（1915-1987）、アランチャさんArantxa, ブランカさんBlanca、バスクのすべての友人に捧げる」と書いた。

transition de phonème（わたり音）フランス語vien-d-rai 'I'll come', スペイン語も同じ意味でven-d-réだが、イタリア語はverrò；印欧語根sr-「流れ

る」（ギ rhéō 流れる→英 s-t-ream，ド S-t-rom 流れ）

type analytique：1. *plus* fort, *il* chante（prédétermination）

2. je crois *pas* 'I don't believe'（postdétermination）

type synthétique：*re*venir, *im*possible（prédétermination）

4. écriv*ez*! fort*e*, blan*che*（postdétermination）

Ural folktale（ウラル民話）「石の花」The stone flower. ウラル地方の少年ダニルコは、王さまから、あらゆる飾りのついた鉢を作るように依頼された。少年はクジャク石（malachite）のもつ美しい「石の花」を求めてヘビ山の奥に入って行った。するとピカピカ光る青い衣装をまとった銅山の女王が現れて、少年を地底の宮殿へ連れて行った。そこには、さまざまな木が茂り、足元には青い草、赤い花、紫の花が咲き乱れていた。少年は、家に帰ってからも、石の花の美しさが忘れられず、ある晩、行方知れずになってしまった。

　少年ダニルコには婚約者カーチャという娘がいた。村人は「ダニルコは死んだ」とうわさしたとき、彼女は山奥へダニルコを探しに出かけた。石の女王の庭に着いたとき、ダニルコの名を呼ぶと、石の女王が現れた。カーチャがダニルコを返してください、と言うと、石の女王はダニルコを呼んで、「石の宮殿に留まるか、それともカーチャと一緒に帰るか」と尋ねた。ダニルコはカーチャを選んで、二人で村に帰った。ダニルコは女王の宮殿で教わった技術で石の鉢を作って名工となり、いつまでもしあわせに暮らした。

　私は中学3年のとき映画教室という授業で、クラス全員が先生と一緒に映画館へ行った。そして、ソ連映画「石の花」（ロシア語 kámmenyj tsvetók カーメンヌィ・ツヴェトーク）を見た。天然色映画は初めてだった。白黒の映画さえも、ほとんど見たことがなかったので、その感動は生涯忘れられないものになった。その後、やはりソ連の天然色映画「汽車は東へ行く」（Póezd idët na vostók ポーエスト・イジョート・ナ・ヴァストーク）を見た。

valeur sémantique（意味の価値）成績の「可」は優・良・可の「可」か、可・不可の「可」かによって、その価値が異なる。陸上競技（running）

の3着は、3人で走ったのか、10人で走ったのか、100人で走ったのか、によって、その価値が異なる。価値は全体の中で決せられる。

velours（ビロード, Bonfante）間違ったリエゾンのこと。ビロードのようになめらかに発音できるように、il leur z-a dit 'he says it to them' という。このzは文法的に不要な音である。

Vietnamese folktale（ベトナム民話）ふしぎな胡弓（こきゅう Chinese fiddle）。ベトナムは東南アジアの国で、中国の南にのびているインドシナ半島の国です。漢字で越南と書きます。国境を「越えて南」の国の意味です。
その国に、二人の友だちが、にいさん、おとうと、と呼び合って、兄弟のように仲よく暮らしていました。

　ある日、二人で、山に狩に出かけました。すると、頭の上を大きな鳥が、何か人間のようなものをつかんで、飛んで行きました。あとを追いかけて行くと、鳥は獲物をほら穴の中に隠して、飛び去りました。二人は、ほら穴の中をのぞき込みましたが、とても深くて、何も見えません。

　「兄さん、この綱を持っていてよ。ぼくが下りて行くから、中の人を見つけたら、合図するから、綱を引っ張りあげて。」弟は、奥深くに入り込んで探していると、お姫さまが気を失って、倒れていました。弟は岩の間の水を飲ませてやると、お姫さまは息を吹き返して、目をぱっちり開けました。「助けてくださって、ありがとう。」弟は綱の下がっているところまでお姫さまを連れて行くと、綱を引いて、合図を送りました。兄はお姫さまを引き上げると、そのまま、綱を引き上げて、穴の口をふさいでしまいました。

　兄はお姫さまを宮殿に連れて行くと、王さまは、とても喜んで、二人を結婚させようとしました。しかし、お姫さまは、私を助けてくれたのは、この方ではありません、ときっぱり断りました。

　一方、弟は、穴をふさがれたあと、洞穴の中を、さらに進むと、またしても、人が倒れていました。助けてあげると、「私は水の国の王子です。外に出られるところまで、ご案内しましょう」と言って、一緒に歩いて行くと、広

い海に出ました。水の国の王さまは、息子を助けてくれたお礼に、ふしぎな楽器をくれました。それは胡弓(こきゅう)といって、バイオリンに似た楽器です。

　弟は、胡弓をひきながら、旅をしているうちに、故郷にたどり着きました。胡弓の音色は、都のすみずみまで流れて、人々の心をなぐさめました。王さまは胡弓の評判を聞いて、その楽人をお城に呼ぶことにしました。兄は、お姫さまを救った功績で、今は、大臣になっていました。胡弓ひきを見て、兄は、びっくりしました。とっくに死んだはずの弟ではありませんか。兄は王さまに、こう報告しました。「調べたところ、あの胡弓ひきは、敵のスパイです。死刑にするのがよいと思います。」

　そこで、家来に命令して、弟を捕らえさせ、死刑にしようとしました。弟は、死ぬ前に、一度、胡弓を弾かせてください、と頼みました。王さまは、これを許しました。胡弓の音は、お城の奥にひきこもっているお姫さまにも伝わりました。お姫さまがお城のそとに出てみると、それは自分を助けてくれた少年ではありませんか。お姫さまは、早速、ありのままを王さまに報告しました。そして、二人は、めでたく結婚することができました。（兄がどうなったかは書かれていませんが、きっと罰を受けたことでしょう）

　その後、敵が攻めてきたときも、若い王さまが胡弓を奏でて、敵の兵士たちに呼びかけました。「武器を捨てて、故郷へお帰りなさい。あなた方のお母さん、奥さん、子供たちが待っていますよ。」

　　［出典：矢崎源九郎編『世界の民話』第3巻、1964］

Vocabulary(語彙、ヨーロッパ諸語における語彙の統一性と多様性）L'unité et la diversité du vocabulaire dans les langues européennes.『ロマンス語研究』Studia Romanica 21（1988）

　語彙のことをドイツ語ではWortschatz（単語の宝庫）という。語彙こそは言語財（Sprachgut）の主要部分をなすものである。語彙は言語の「なま」の部分、材料部分、原料であり、文法はそれを加工し、料理し、食卓に載せるための方法である。統一テーマの一環として、本稿は語彙の通時的（diachronic）な面に重点を置き、そのあとで共時面（synchronic）における問題点に論究する。表題の「統一性」とは、基本的な語の一つである"be"動詞が印欧諸語に広く共通に見られることを指し、「多様性」とは、同じく基本語でありながら"have"は語派により異なることを指す。

1．印欧言語財（indogermanisches Sprachgut）：印欧諸語に共通の数詞や"be"動詞。これは印欧語族成立の有力な証拠となったものであり、他の語族の確立のためにも重要な基準となっている。

　数詞の場合、材料に関しては、1から10までの語、100の語は同じである（サ śatam, ギ he-katón, ラ centum, ゴ hund, リ šimtas, ロ sto）が、1000の語はサ sa-hásram, ギ khîlioi, ラ mílle（*smī-ghsl-ī）に対してエ thousand, リ túk-sintas, ロ tysjat'のように、ゲルマン・バルト・スラヴの3語派が異なる語をもっている。また、2桁の数に関しては、フランス語 seize（ラ sēdecim, エ sixteen, 6 + 10）、スペイン語 dieciseis（10 + 6）、フ vingt et un（エ twen-ty-one）、ド einundzwanzig（1 + 20, オランダ語、デンマーク語も同様）のように配列される、など、運用の方法に相違が見られる。「11」のエ eleven, ド elf, デンマーク elleve は、ゴート語 ain-lif と同様「1つあまり」の意味である。ルーマニア語 unsprezece, アルバニア語 njëmbëdhjetë［ëの発音はə］は、スラヴ語（例：ロシア語 odin-nad-cat'アジンナツァチ）にならって"one-on-ten"の言い方をする。リトアニア語 vienúolika もゴート語と同じく「1あまり」である。また、ケルト諸語は20進法（vigesimal system）を用いるが、デンマーク語とフランス語にも、その名残が見られる（Julius Pokorny によると、これはアルメニア系の鐘形杯民族 Glockenbecherleute がヨーロッパにもたらした）。

　"be"を表す印欧語根 *es-「…である、居る」がサンスクリット・ギリシア・ラテン・ゲルマン・スラヴ・ケルトの諸語に広く見られるのに対し、所有を表す動詞は、英語 have（*kap-捕らえる）、ラテン語 habeō（*ghabh-与える, 英 give）、ギリシア語 ékhō（*segh-つかむ, ド Sieg 勝利）、ロシア語 imét'（原義：

取る）のように、言語によって異なっている。これは個別言語的（einzelsprachlich）の例である。

2. ラテン語・ギリシア語起源の文明語彙。

　学術用語・教会用語などはヨーロッパ諸語に共通である。言語学・詩学・文法の用語はギリシア語が多い。その理由は、ギリシアこそ、これらの学問の発祥地だからだ。品詞名はラテン語起源である。「言語学」にイタリア語はギリシア語起源のglottologiaを好み、他の言語はラテン語起源のlinguisticsを好む。言語学の雑誌名にもLinguaとGlossaとがある。

　月名（Monatsnamen）はラテン語起源で、ヨーロッパ全体に共通であり、近代ギリシア語においても同様である。週の名（Wochentagsnamen）は言語によって異なり、多くの場合は、ラテン語の呼称にしたがってdiēs Sōlis = Sunday, dies Lūnae = Monday, lundiのように言う。ロマンス諸語は日曜日を「主の日」という（フ dimanche, ス domingo）。ロシア語は「復活」（voskresenje）、他のスラヴ語は「無・労働・日」（ポ niedziela 'no thing, no work'）という。「月曜日」は「休日の翌日」という。ロシア語po-nedel'nik「月曜日」は「何もしない（nedel'）日の翌日（po-）」である。曜日名は神名によるもの（deity system）が主であるが、ロシア語のように月曜日から数えて「2日目」（vtor-nik フトールニク，火曜日）、「4日目」（četverg チェトヴィエルク，木曜日）、「5日目」（pjatnica ピャトニツァ，金曜日）と言う。ポルトガル語は日曜日から数えて「2日目」（segunda-feira, 月曜日）、「3日目」（terça-feira, 火曜日）。アイスランド語þriðjudagur「3日目、火曜日」、現代ギリシア語tríti「三日目、火曜日」はポルトガル語と同じ。

3. 近隣諸語からの借用語（Lehngut aus Nachbarsprachen）。ロマンス語の場合、その統一性（unity, Einheit）は、かなりよく保たれているとはいえ、個々の場合、かなりの離脱（deviation, Abweichung）が見られる。色彩名のような基本的な語彙でさえ、外来語が意外に多い。フランス語blanc（白い）、bleu（青い）、brun（褐色）はゲルマン語から、スペイン語・ポルトガル語

azul, イタリア語azzurro（青い）はペルシア語からの借用語である。「戦争と平和」の「戦争」はフランス語guerreからイタリア語guerraまでゲルマン語からの借用語であり、スペイン語の指小形guerrillaは英語にも入っている。ルーマニア語の「戦争」războiはスラヴ語からの借用である（ロシア語はvojná ヴァイナー）。ロマンス語の「平和」はすべてラテン語pāxに由来している。Pax は Pax Romana, Pax Americanaなどの用語を作り、今日にいたる。

ロマンス語の場合、「山」はすべてラテン語mons, montisに由来するが、「森」のフランス語bois、スペイン語・ポルトガル語bosque（ボスケ）はゲルマン語からの借用である（cf.英 bush）。

「左官」（壁作り）のフランス語maçon（英語masonはここから）はゲルマン語*makja「作る人」（英make）から、スペイン語albañilはアラビア語から、イタリア語muratoreはラテン語からの直系、ルーマニア語zidariはスラヴ語からの借用である（教会スラヴ語zidŭ「壁」）。

4. 新語（Neubildungen）、複合語、派生語。

文明の発達とともに、新語の必要が生じるが、多くの場合、在来語（native words）を用いて複合語や派生語を作る。「鉄道」のド Eisenbahn, フ chemin de fer, ス ferrocarril, イ ferroviaは、いずれも「鉄の道」であり、ロシア語 želéznaja doróga（ジェレーズナヤ・ダローガ）も同じ意味である。英語 railway, railroadだけ異なっている。「飛行機」のフ avion, ス avión は「大きな鳥」、エ airplaneは「空中板」、ド Flugzeugは「飛行道具」、ロ samolët（サマリョート）は「自ら samo 飛ぶもの lët」である。samo は samovar（サモワール、やかん、自分で沸くもの）にも見える。「タイプライター」は、英語だけは「活字typeで書くもの writer」、他は「書く機械」（フ machine à écrire, ド Schriebmachine, ロ píšuščaja mašína ピーシュシチャヤ・マシーナ）という。

5. 「よい」と「わるい」。ラテン語bonusはすべてのロマンス語に保たれているが、その反意語malus「わるい」は、フランス語ではmauvais（＜malefatius わるい運命）、や単純語としてはj'ai mal à la tête（私は頭が痛い）のような

成句的表現に残る。イタリア語の「わるい」はcattivo（＜captīvusとらわれた）、ルーマニア語はrǎu（＜ラ reus犯人）という。「新しい」と「古い」はすべてのロマンス語に共通である（フランス語nouveau, vieuxなど）。「息子」と「娘」はラテン語filius, filia（原義：乳を与えられた者）がすべてのロマンス語に継承されている。

　興味があるのは、このように共通している場合よりも、むしろ、次項の、ロマンス語内部で異なる場合である。

6．ロマンス語内部での異なり方（einzelromanisch）には種々の型がある。数詞「16」について見ると、イタリア語sedici（ラテン語sēdecim＜sexdecim）は「6＋10」、スペイン語dieciseisは「10＋6」、ルーマニア語şai-sprezeceは‘six-on-ten’（スラヴ語式）となる。また、「愛する」はフaimer, カタランestimar, ス・ポquerer（＜ラ quaerere求める）、イvolere bene（ti voglio bene, ルiubitiはスラヴ語からの借用である（ロシア語ljubit', 英語loveと同根）。以下に、割れ方の若干を示す。

6.1. 文法的：形容詞の比較級でフランス語・イタリア語はplūs bellusの型、スペイン・ポルトガル・ルーマニア語はmagis formosusの型。

6.2. 「ノー」はnon, no, nāo, no, nuのように共通しているが、「イエス」はoui, sim, si, da（ルーマニア語daはスラヴ語より）のように割れている。「ありがとう」もmerci, gracias, obrigado（'I am obliged'), grazie, mulţumesc（'I owe a lot', ラ multum）のように異なる。

7．以上の5と6はロマンス語に関して見たものであるが、その上部概念である印欧語全体を眺めた場合にも、当然のことながら、語派単位の割れがある（indogermanische Dialektgruppen）。次のものはゲルマン諸語とロマンス諸語は共通しているが、他の語派とは異なっている（英語とラテン語を代表に挙げる）。

　germanisch-romanische Isoglossen：

　　light：lux

star：stella

fish：piscis

次のものはゲルマン語派とスラヴ語派が共通し、他の語派は異なっている。英語とロシア語を代表に掲げる。

germanische-slavische Isoglossen：

love：ljubit'

apple：jabloko

silver：serebro

gold：zoloto

milk：moloko

「水」はゲルマン語・スラヴ語・ギリシア語・ヒッタイト語が共通している：water, voda, hydôr（＜*wed-）, watar.「息子」「娘」は広く印欧語域に son, daughterの同系語が分布しており、ラテン語だけが（したがってロマンス諸語も）*dhē(i)-「乳を与える」に由来する filius「乳を与えられた者、息子」、filia「乳を与えられた者、娘」を用いる。ちなみに fēmina「女」も同根語で、「乳を与える者」が原義である。

8. 語形成（word formation, Wortbildung）の観点からは、ゲルマン語が一般に複合語が得意であるのに対して、ロマンス語はこれに弱いとされている。だが、「鉄道」はド Eisenbahn, ス ferrocarril, イ ferrovia, フ chemin de fer で、フランス語以外は複合形成になっている。複合が得意なはずのロシア語は železnaja doroga（鉄の道）で形容詞＋名詞になっている。派生（derivatio）はゲルマン語もロマンス語も非常に盛んである。

9. 語の対義性（antonymy）。

太陽が昇る。The sun rises. Le soliel se lève.

太陽が沈む。The sun sets. Le soleil se couche.

日本語・英語・フランス語は、この場合、対称性がないが、ドイツ語は Die Sonne geht auf.

Die Sonne geht unter.

の共通部分をもち、上（auf）下（unter）の方向辞だけで区別がなされる。

同様に、「出口」「入口」につて見ると、

英exit, entrance, フsortie, entrée, スsalida, entrada, イuscita, entrataは基体（base）の共通部分がないが、語尾を見ると、フ・ス・イは過去分詞の女性形が用いられていることが分かる。それ以外にも、allée, venue, ida, vueltaなど類例が多い。

　　　ド Ausgang ギ éxodos　　　ロ vyxod

　　　　Eingang　　 eísodos　　　　 vxod

　　　は基体が共通し、接頭辞だけで区別している。

次は意味論と重なる部門で、意味の領域（champ sémantique, Bedeutungs-feld）であるが、ロマンス語では「男」は同系語を用いるが、「女」はバラつきがある。「男」は一般に「人間」も意味する。

　　　フ homme – femme, ス hombre – mujer, ポ homem – mulher, イ uomo – donna, ル om – femeie

歴史的意味論（sémantique diachronique）は次のような図式で表す。

　　　ラテン語　　　　　　　　　　　　フランス語

　　　homo　　　　　　　　　　　　　homme

　　　（vir 男と fēmina 女を含む）

　　　　　　　　　　　　　　　　　　femme

homme – mari のようにドイツ語は両者を区別せず、女と妻については、英語はwomanと wifeを区別し、ドイツ語Frau とフランス語femmeは「女」と「妻」を区別しない（E. Coseriu）。

10. 語彙の整合性。「深い」と「浅い」のような場合、別語を用いるか否か。対称性（symétrie）と非対称性（asymétrie）。

英語deep：shallow

オランダ語diep：ondiep（深くない）

フランス語profond：peu profond（すこししか深くない）

「友人」と「敵」について：

英語friend － enemy（＜ラテン語inimīcus, 友人でない），ドイツ語Freund（愛する人）－ Feind（憎む人），アイスランド語vinur － óvinur（非・友人）、フランス語ami － ennemi（非・友人）、ラテン語amicus － inimicus（非・友人）、ロシア語drug － vrag（両者別語）、ブルガリア語prijatel － neprijatel（非・友人）。ポーランド語、チェコ語などもブルガリア語と同じである。

「少年」と「少女」について：

スペイン語muchacho － muchacha, ポルトガル語menino － menina, イタリア語ragazzo － ragazza.

以上は男性形・女性形だけの区別（Movierung）だが、エboy － girl、ドJunge － Mädchen、フgarçon － petite filleは別語を用いる。

最後に「王」「女王」「王の」について：

エking － queen － royal, ドKönig － Königin － königlich, デンマーク語konge － dronning － kongelig, フroi － reine － royal, ラrēx（＜rēg-s）－ rēgīna － rēgālis, ギbasileús － basílissa － basílikos

英語は最も整合性を欠き、ド・フ・ラ・ギは整合性が美しく、デはその中間を示す。

［主要参考文献］Buck, C.D. 1971. A Dictionary of Selected Synonyms in the Principal Indo-European Languages. University of Chicago Press.

Rohlfs, G. 1971. Romanische Sprachgeographie. München.

Zauner, A. 1926. Romanische Sprachwissenschaft. Bd.2. Sammlung Göschen. 4.Aufl. Berlin-Leipzig.

Vorhof Europas（ヨーロッパの前庭, Décsyの用語）ゲルマン語、ロマンス語を指し、改新に積極的である（neuerungsfreudig）。

Wackernagels Gesetz ヴァッカーナーゲルの法則。アクセントのない小詞（particle, enclitic）や代名詞は文の2番目の位置にくる。1. ギリシア語

mén, dé（ところで、しかし、一方），gár（というのは）など。kreíssōn gár basileús（Iliad A80, for the king is stronger）2．ゴート語ab-uh-standiþ 'and he falls'; uh 'and'が接頭辞abと stand-の間に挿入される。3．古代インド語ápa ca tisthati 'and he falls'（サcaはギte, ラ-que,ゴuhと同根）4．古代アイルランド語do-s-beir＜*to sons bhéreti 'he brings them (*sons)' このsはdo（'to'）とbeir（he brings）の間に挿入される。この現象をtmesis（分断挿入）という。5．古代ロシア語věra bo naša světŭ jesti 'for our faith is light'. Jacob Wackernagel（1806-1881）はドイツの印欧言語学者でGöttingen大学教授、古代インド語文法3巻の著者で、父（スイスの詩人）の依頼で生誕時Jacob Grimmが教父であった。

whiskey（ウイスキー）

　whiskeyは18世紀、スコットランドに生まれ、スコッチ・ウイスキーは世界の消費量の6割を占める。語源はスコットランド語uisgebeatha（イスキバハ）「命の水」で、uisge（イスキ）はwaterと同じ語源。beatha（バハ）はギリシア語bíos, ラテン語vīvus（生きた）と同じ語源で、「命の水」の意味である。ウイスキーのフランス語eau-de-vie（命の水）はラテン語aqua vītae（命の水）を訳したもので、英語aquavitは「蒸留酒」と訳される。ドイツ語ではウイスキーのことをBranntweinという。語源は燃やした（gebrannt「燃やす」の過去分詞）ワインである。スコッチのほかに、アイリッシュ、カナディアン、アメリカン、ジャパニーズがあり、日本のウイスキーは1923年、蒸留所の工場長・竹鶴政孝により製造され、この歴史はNHKの朝のドラマ（2014）で広く伝えられた。飲み方はロック、ソーダ割り、水割りもある。1998年8月ヨーロッパ言語学会（Societas Linguistica Europaea）がスコットランドのSt.Andrews大学で開催されたとき、ウイスキー工場を見学し、参加者は10種類を試飲した。

Work, death and sickness（仕事、死、病気；トルストイ）『民話23編』

（Oxford World's Classics, 1906）の中でトルストイは次の南アメリカの伝説を

伝えている。

　神は、最初、人間が働かなくてもすむように作った。人間は家も衣料も食料も必要がなかった。彼らは100歳まで生きた。病気など知らなかった。

　しばらくして、神は人間の暮らしぶりを見に来た。すると、彼らは幸福であると思っていたが、たがいに喧嘩ばかりしている。自分のことしか考えていないのだ。

　神は考えた。これは彼らが、ばらばらに、自分勝手に生きているからだ。働かなければ生きて行けないようにしよう。そして、飢えと寒さから守るために、家を建て、畑を耕し、作物を収穫するようにしてやろう。そうすれば、彼らは助け合いながら、喜んで働くだろう。一致団結して、生活が楽しくなるだろう。

　しばらくして、神は人間の暮らしぶりを見に来た。すると、彼らの生活は以前よりも悪くなっていた。一緒に働いてはいたが、全員が一緒ではなく、小さなグループに分裂し、仕事を奪い合い、時間と労力を無駄に使って、以前よりも事態が悪化していた。

　神は考えた。人間の死がいつ訪れるか分からないようにしてやろう。そうすれば、割り当てられた時間を無駄に使うことは、なくなるだろう。

　しかし、予想は違っていた。人間の寿命が、いつ終わるか分からないと知って、強い者は弱い者を殺し、他人よりも長く生きようとした。事態は、ますます悪くなった。

　神は最後の手段を考え出した。人間の間にあらゆる病気を送り込んだ。誰でも病気になるかもしれないと知ったら、元気な者は病人をいたわり、助けるようになるだろう。

　病気になったら、人間はおたがいに助け合うだろうと神は期待していたが、結果は逆だった。強い者は弱い者を働かせ、病気の者を顧みなかった。強い者が病気になると、弱い者に介護させた。病気は伝染すると考えて、病気の者を遠ざけ、病人を介護している者も遠ざけようとした。

最後に、神は人間の生活に干渉するのをやめた。すると、人間は、ようやく、幸福にならねばならぬと考え始めた。死が、いつかは訪れることを知って、割り当てられた年、月、日、1時間1時間、1分1分を、協力と愛のうちに過ごすことを学び始めた。病気は人間を分け隔てるのではなく、おたがいに、いたわり合う機会を与えるのだと、悟（さと）りはじめた。

[出典] Twenty-three tales by Leo Tolstóy. Translated by Mr. and Mrs. Aylmer Maude. Oxford University Press, 1909. The World's Cassics, reprinted last in 1930. Tolstóy とアクセントを記すのは英訳者の習慣である。トルストイ自身、これ以上の英訳者は望めない、とたたえた。

Wörter und Sachen 語と物（Meringer, Schrader）

19世紀に印欧言語学者は「物」があるからには、それを表す「語」があったはずであるとの見解から、牛 *gʷou-（サ gau-, ギ boûs, ラ bōs）, 馬 *ekwo-（サ aśva-, ギ híppos, ラ equus）などの祖語を推定した。モンブランがお菓子の名であることを知っていることと、それを実際に食べることは Wörter und Sachen の実例である。Vindobona が Wien のラテン名であることと、特急列車 Vindobona 号に乗ることは Wörter und Sachen の実例である（筆者は2003年7月、プラハで開催の第17回国際言語学者会議に参加した）。

Yasugi Sadatoshi（八杉貞利, 1876-1966）

　文学士・八杉貞利述『外国語教授法』東京・宝永館発売。ロシヤ語研究は上田万年の指示による。『八杉貞利日記・ろしや路』監修・和久利誓一。図書新聞双書5。1967. 348頁＋（監修者）xiii. 八杉貞利は東京・浅草に生まれ1900年東京帝国大学言語学科卒業。1901年10月（横浜か）出発、マルセーユ、ベルリン、ワルシャワを経て、12月、露都ペテルブルグに到着。その大学でボドゥアン・ド・クルトネ（Baudouin de Courtenay, 1845-1929）の言語学概論などを聴講した。帰国後、1903年から1937年まで東京外国語学校教授。以後1945まで非常勤。1951年日本ロシヤ文学会創立、会長。戦前の日露協会理事として日ソ両国の親善と相互理解の増進に尽くした。1925年、ソ連科学アカ

デミー創立二百年祭に国賓として招かれた。

　『国語と文学（露）』岩波講座・世界文学（岩波書店，1933，34頁）の中から
ブイリーナを紹介する。発音に関しては、モスクワを中心にa方言とo方言が
あり、アクセントのないoをaと発音する南方言とoをoと発音する北方言が
あり、a方言が主流となる。oknó「窓」の発音はアクノーが標準語。
bylina（ブイリーナ）は古代ロシヤの英雄叙事詩、語源はbyl 'he was, it was'
で、'that which was'の意味。

V stól'nom gòrode // Kíevè	花の都キエフの町で
U láskogo knjàzja // Vladímirà	慈しみ深いウラジミル公の館で、
U velíkogo knjàzja // večerínka bylà.	夜会が催された。

　　1行中に主要な力点が3個あり、各行の最後の音節に従力点がある。

zelkova（ケヤキ、欅）ケヤキは「けやけき木、際だった木」から、こう呼
ばれるそうだ。zelkovaはAmerican Heritageには載っていないが、研究社の
『リーダーズ英和辞典』（1999²）には載っている。語源はグルジア語でdzelkva
（ゼルクワ）と思われ、Richard MeckeleinのGeorgisch-Deutsches Wörterbuch
（Berlin und Leipzig, 1928）に「東洋のプラタナス、石木」とある。「石木」は
dzelkvaの語源を示したもので、dzeliは「木」、kvaは「石」である。グルジ
ア共和国（首都トビリシTbilisi）の第2の都市クタイシKutaisiの語源は
kva-taisi「石の町」'Steinstadt' である。Samarkand, Tashkentは、どちらも「石
の町」の意味で、samarはイラン語、tashはトルコ語で「石」。kand も kent も
「町」。

zero（ゼロ）も意味を持っている。he cutはhe cutsのsがないので過去であ
ることが分かる。古代フランス語Georgesは主格だが、Georgeは対格とな
る。現代ギリシア語Giorgos（ヨルゴスが）、Giorgo（ヨルゴスを）。語根*es-（ラ
テン語est 'he is'）、母音ゼロ*s-はsunt 'they are' に現れる。

私の書棚より40冊 （40 books from my bookshelf）
出版年の順。下段に注釈を加える。

1. 『アジア雑誌』第1巻 （1822；rp.1965） 縮尺38％

Journal Asiatique, ou Recueil de Mémoires, d'Extraits et de Notices relatifs à
l'Histoire, à la Philosophie, aux Sciences, à la Littérature et aux Langues des
Peuples Orientaux; Rédigé par M.M.Chézy, Klaproth, Abel-Rémusat, Silvestre
de Sacy···et publié par la Société Asiatique. Tome premier. Paris 1822. 384pp.
当時のフランスの東洋に対する関心と研究が窺えて興味深い。Abel-Rémusat
のフランス王とモンゴル皇帝の政治関係についての覚え書き、Klaprothの台
湾の土着語について、Klaprothのグルジア語研究、ドイツの東洋学研究など
が載っている。ナウカ 17,050円。

2. アンデルセン童話第1集 (1837；rp.1935) 73%

Eventyr,

fortalte for Børn

af

H. C. Andersen.

Kjøbenhavn.

Forlagt af Universitets-Boghandler C. A. Reitzel.

Trykt hos Bianco Luno & Schneider.

1837.

　Eventyr, fortalte for Børn, af H.C.Andersen. Kjøbenhavn, Forlagt af Universitets-Boghandler C.A.Reitzel. 火打ち石、小クラウスと大クラウス、エンドウ豆の上に寝たお姫さま、幼いイーダの花、親指姫、いたずらっ子、旅の道連れ、不朽の名作人魚姫、裸の王様を収める。45d.kr.（1,100円）

3. A.F.Pott『ヨーロッパとアジアのジプシー』(1844) 42%

DDr.A.F.Pott：Die Zigeuner in Europa und Asien. Ethnographisch-linguistische Untersuchung, vornehmlich ihrer Herkunft und Sprache, nach gedruckten und ungedruckten Quellen. Erster Theil. Einleitung und Grammatik. Halle, 1844. 当時の習慣か目次がない（Grimm ドイツ語文法も同じ）。序論、音論、語形成、Wortbiegung（文法のこと）。ジプシー語は近代インド語の一つで、西暦1000年ごろ、インド西北部から、よりよい土地を求めてアルメニア、トルコ、ギリシア、ルーマニア、ハンガリーに移住し、ドイツ、スペイン、フランスにも入り込んだ。pen pal の pal はジプシー語 phral（兄弟）に由来し、サンスクリット語 bhrātā, 英語 brother と同系である。August Friedrich Pott（1802-1887）は Halle 大学一般言語学教授であった。本書を1980年三修社古書部から6,300円で購入した。

4. Schleicher『ヨーロッパの言語』(1850) 42%

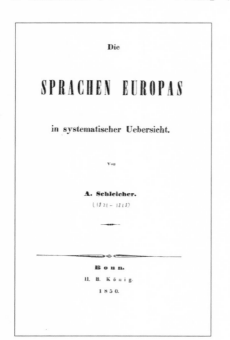

August Schleicher：Die Sprachen Europas in systematischer Uebersicht. Bonn, H. B. König, 1850. x, 270pp. 後に有名になる学者の最初の著作である（1853年Praha大学，1857年Jena大学教授）。言語学と文献学、言語の本質と分類、言語史、言語学の方法、ヨーロッパの言語について。一音節語（中国語）、膠着語（タタール語族、モンゴル語、チュルク諸語、フィン諸語、ラップ語、コーカサス諸語、バスク語）、屈折語（セム語族、印欧語族）。ギリシア語とロマンス諸語を一緒にしてPelasgisches Familienpaarと呼ぶ。Serbisch, Kroatisch, Slowenischを Illirisch（Illyrisch）と呼ぶ。シュライヒャー（1821-1868）は系統樹系説（Stammbaumtheorie, 1863）で有名。Compendium der vergleichenden Grammatik der indogermanischen Sprachen (1861-2, 1876[4]), Indogermanische Chrestomathie（Weimar 1869）の著書がある。1999年に京都の北山書店で15,750円。稀覯本なので、2020年、学習院大学図書館に寄贈した。

5. メーリンガー『印欧言語学』Leipzig, 1897. 54%

Rudolf Meringer, Indogermanische Sprachwissenschaft. Leipzig, 1897, Sammlung Göschen, 136pp. メーリンガーは執筆時ウィーン大学助教授であったが、本書第2版（1899）のときはGraz大学教授になっていた。書名は印欧言語学であるが、一般言語学的な論述もあり、特にシャルコ（Charcot）連合中枢（Associations-Centrum）は言語をいかに聴覚し、それを言語中枢に伝えるかの図式である。ドイツ人にはカエルの鳴き声がquack!quack!と聞こえるが、アリストパネスにはbrekkekèks koàks koàksと聞こえた、などの記述もある。Hans Kraheの『印欧言語学』には、この種の記述はない。1994年Jan de Rooyより fl.30（2,100円）

6. H.Sweet『口語英語入門』1904³（49%）

Henry Sweet：Elementarbuch des gesprochenen Englisch. Oxford, 1904³. 155pp. 音論、形態論、統辞論、テキスト、語彙よりなる。テキストは音声文字で書かれているが、通常の正書法のテキストも添えてある。ðə -z noubədi ðeə（-は弱音であることを示す）'es ist niemand da' においてðəはweak grade, ðeəはstrong gradeにあるという。このəとeəの母音の相違をAbstufung（Ablaut）という。that［ðət］と that［ðæt］も同様である。最初のテキストは「地球はなぜまるいか」に始まる。-pijpl juwsttəþiŋkði əəþ wəzəkaindəv flæt keik`（people used to think the earth was a kind of flat cake）のように。最後にグロッサリーがあるが、これも発音記号になっていて、aaftə'nuwn sb. Nachmittagのようにドイツ語で語釈される。1986年Lundの古本屋Olins antikvariatで見つけた。10skr.（800円）。本書p.107 ピクニック物語。

7. A.Dirr『グルジア語入門』1904 (49%)

A.Dirr：Theoretisch-praktische Grammatik der modernen（georgischen）grusinischen Sprache. Wien und Leipzig, A.Hartleben's Verlag, 1904, 169pp. 有名なBibliothek der Sprachenkundeの叢書で、100言語ぐらい出ている。1900年前後が最盛期であった。1985年にJan de Rooyから入手した（50fl. 3,500円）Theoretischer Teilでは語形成、Deklination, Konjugationが、Praktischer Teilで はDeklination, Adjektiv, Pronomen, Zahlwort, Adverb, Postpositionen, Konjunktionen…Das Verbum, Paradigmata, Sein und Haben…が扱われる。テキスト小話3点は行間に語釈が与えられ、ことわざがある。泉井先生が持っておられたので、ほしかった。

8. P.パッシー『ヨーロッパ主要諸語の比較音声学』（1906）45%

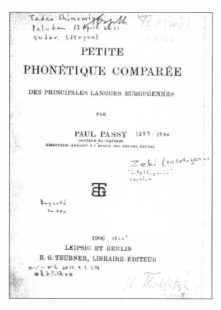

Paul Passy：Petite phonétique comparée des principales langues européennes. Leipsic et Berlin, B.G. Teubner, 1906. 132pp. 非常に丁寧に教えてくれる。269にフランス語の bonne, donne, goût はドイツ人には mbɔn, ndɔn, ŋgu のように聞こえ、ドイツ語 buch, dach, gut は、フランス人には、しばしば pu:x, tɑx, ku:t のように聞こえる、とある。1965年、ドイツ留学のとき、試験官が Krimm と発音するので、困った。Grimm と発音してくれよ。巻末に表音文字の実践として、Je m'appelle soleil（私は太陽です）の小話が音声表記で北フランス語、南フランス語、スイスのフランス語、スペイン語、ポルトガル語、イタリア語、北の英語、南の英語、アメリカの英語、ドイツ語、オランダ語、デンマーク語、ノルウェー語、スウェーデン語、アイスランド語で書かれている。2011年、コペンハーゲンの Paludan で発見して、とても嬉しかった。50dkr.（850円）。所有者 W.Thalbitzer（エスキモー学者）の署名と購入日 1907.12.11 の書き込みあり。

9. ヤンツェン『ゴート語テキストと文法』(1914⁴) 54%

Hermann Jantzen：Gotische Sprachdenkmäler, mit Grammatik, Übersetzung und Erläuterungen. (Sammlung Göschen, Berlin und Leipzig, 1914⁴) 126pp. Bonn の Antiquariat Clement, 1986. DM 4（400円）。私にとって最初のゴート語教師は H.Hempel（Köln 大学教授，1885-1973）の Gotisches Elementarbuch（Berlin 1953²）だった（dagans の語尾 -ans とギリシア語クレタ方言 nóm-ons の語尾に感動した！）が、その後、Jantzen を頻繁に利用した。内容は Literatur, Einleitung, Abriss der Grammatik, Übersicht über die wichtigsten Partikeln, Denkmäler der gotischen Sprache, 索引となっている。統辞論と語形成がほしい。大学近くの古本屋 Clement 氏はボン大学の教授たちとも懇意にしていて、私の先生 Prof. Knobloch のこともよくご存じで、彼はチェコの Znaimo の出身で、チェコ語も話すでしょう、と教えてくれた。2007年、同じ古本屋で The Portable Russian Reader（本書 p.124）を購入したときには、いなかった。

10. ベルネカー『ロシア語読本、語彙つき』1916² (54%)

Erich Berneker, Russisches Lesebuch mit Glossar. Berlin u. Leipzig, Samm-
lung Göschen, 2.Aufl. 1916. Texte 1-106, Glossar (3402 words) 108-176. 学問は
苦痛ではない (Naúka ne múka) とか愚か者は愚か者をほめる (Durák
duraká xválit) などのことわざ、ツルゲーネフの「アルプスの山の会話」、ツ
ルゲーネフの「ロシア語」、クルイローフの童話、プーシキンのオネーギン
(抄) などを収める。テキスト106頁に対してグロッサリーが68頁あり、その
完備の度合いが伺われる。著者 (1874-1937) はMünchen大学教授。2002年
WürzburgのSchönebornより、BernekerのRussische Grammatik, 2.Aufl.1906
と2冊で18.50ユーロ (2,000円) だった。

11. A.Meillet『古典アルメニア語比較文法』1936（39%）

A.Meillet：Esquisse d'une grammaire comparée de l'arménien classique. Vienne, 1936² 205pp. 本書のindexe analytique（p.145-205, P.L.Mariès 作成）が有益。語源辞典と本文説明個所の指示がある。eł-bayr［エフバイル］がどうして印欧祖語*bhrātēr 'brother' と結びつくのか。bhrの前にeが置かれ（prothèse）, ebhr（＞ebr）、brがlbに音位転換（dissimilé, métatèse）した結果、

ełbayrになった。Libraire des P.P.Méchitharistes, Vienneから1968年に入手した（US$3.50）。Meillet（1866-1936）は1891年ウィーンとTbilisiに旅立ち、アルメニア語を研究。W.Streitbergの依頼でAltarmenisches Elementarbuch（Heidelberg, 1905）を執筆した。アルメニア語はtun-s 'haec domus', tun-d 'ista domus', tun-n 'illa domus' の3種の指示詞が接尾される（suffixed）。Meilletの主著『印欧語比較文法入門』はフランス語ではなくドイツ語訳を利用した（Einführung in die vergleichende Grammatik der indogermanischen Sprachen, Deutsch von Wilhelm Printz, Leipzig und Berlin, B.G. Teubner, 1909）。名古屋の欧亜書林より1982年、8,940円。

12. ランケ『古代ノルド語入門』1937（54%）

Friedrich Ranke：Altnordisches Elementarbuch. Schrifttum, Sprache, Texte mit Übersetzung und Wörterbuch. Walter de Gruyter, Berlin 1937 Leipzig（この段階でGöschen出版社がグロイター社に吸収されていた）著者（1882-1950）は執筆時Breslau大学教授。この初版は美本で、2000年、Jan de Rooyを訪れた際、長女の夫よりいただいた。古代ノルド文学概説、文法、テキスト、語彙。「巫女の予言」Volospáが収められている。Ranke-Hofmannの改訂版（1967）には、これが載っていない。文法には統辞論と語彙（Wortschatz）も欲しかった。筆者の『エッダとサガの言語への案内』近代文藝社（2017）の文法の章には統辞論と語形成も入れた。

13. 小林英夫『言語と文体』(1937) 41%

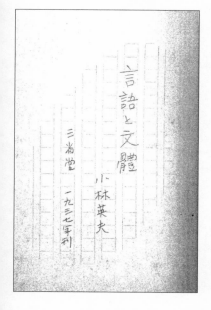

　　　　1937年、京城大学 (Seoul) に職
を得た小林英夫 (1903-1978, 本書
p.79-83) は、書きためたものを1冊
にまとめた。新村出が序文を書いている。この本は何度も読んだ。何度読ん
でも、おもしろい。「芥川龍之介の筆癖」など50頁もの大作である。イェスペ
ルセン著『人類と言語』の訳しぶりを評す、など徹底的である。盲目の斉藤
百合子さんにエスペラント語を教えた話など感動的である。ソシュールの授
業はまことに芸術的であった、などとある。私がどうして言語学を商売とす
るに至ったか、その動機は、一つには、<u>詩の形態</u>を研究しようという気持ち
に導かれたように思う、<u>言語学の橋を渡って詩の世界に達しようとするのは、</u>
<u>虹を渡って天に昇ろうとするほど無謀な業だった</u>、とある。1983年、神田の
原書房で購入。1,500円。

14. 泉井久之助『フンボルト』（1938）56％

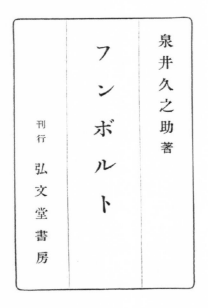

泉井久之助（1905-1983, 京大名誉教授）33歳のときの著作である。「この半年あまりの間に私は改めてフンボルトの全集を通読してその業績と人となりとの発展を稍々詳しく窺うことができた」とはしがきにある。あのベルリンアカデミー版全集17巻を半年で通読したというから驚く。小林英夫がソシュールの翻訳とその内容に肉迫したとすれば、泉井先生はフンボルトの真髄に肉迫したといえよう。『フンボルト』は田邊元監修になる『西哲叢書』の一巻で、ソクラテス、プラトン、デカルト、ライプニッツなどが出ている。本書は序説（啓蒙主義、自己育成、シラー、ゲーテ、自叙伝）、言語研究の二部に分かれ、言語の起源とその本質、内的言語形式（innere Sprachform）などが説かれる。1955年、日本書房180円。

15.　泉井久之助『言語学論攷』（1944）35％

　本書は卒業論文「印欧語におけるインフィニティヴの発達」、「最近仏蘭西言語学界の展望」「ポナペ島の生活と言語」「翻訳Trubetzkoyの音韻はいかに記述すべきか」「翻訳Trubetzkoyの形態音韻学morphonologyについて」「フンボルト比較言語研究について」など17編を収めている。この卒業論文は将来の発展をすでに約束しているように見受けられる。ポナペ島は当時フィールドワークが可能であったときの成果である。Trubetzkoy翻訳は当時の潮流にいち早く取り組んだ結果であった。新村出（1876-1967）の後任として京都大学言語学教授であった。1975年、日本書房3,700円。

16. Buck, Carl Darling『主要印欧諸語における同義語辞典』1949（40％）

A DICTIONARY OF SELECTED
SYNONYMS IN THE PRINCIPAL
INDO-EUROPEAN LANGUAGES

A CONTRIBUTION TO THE HISTORY OF IDEAS

By
CARL DARLING BUCK (1866-1955)

WITH THE CO-OPERATION OF COLLEAGUES
AND ASSISTANTS

THE UNIVERSITY OF CHICAGO PRESS
CHICAGO & LONDON

概念の歴史。A Dictionary of Selected Synonyms in the Principal Indo-European Languages, with the cooperation of colleagues and assistants. The University of Chicago Press, Chicago & London, 1949, 1971³, xvii, 1515頁。

編者バック（1866-1955）はシカゴ大学サンスクリット語および印欧言語学教授。本書が出版されたとき、40米ドル（16,000円）だった。この金額は当時の日本人の年収に相当した。食うや食わずの時代に、日本人の誰が買えたか。だが、この本は売れに売れた。その後、値段はほとんど変わらず、第3版1971, 1978は三省堂で13,500円（45米ドル）であった。これは当時、大学の非常勤1コマ1か月の給料（2万円）で買える金額だった。この非常勤は実働ではなく、夏休み・冬休みも有給だった。

古代アテナイにはコーヒーも砂糖もなかった。アレクサンダーはミツバチのない honey（甘味料）がインドにあると書いている。Buck によると sákhari が知られるのは西暦1世紀である（サッカリンの語源）。

砂糖がヨーロッパに伝わったのはアラビア語を通してで、スペイン語の azúcar とポルトガル語 açúcar にはアラビア語の定冠詞 a-（＜al-）の痕跡が見える。イタリア語 zùcchero, フランス語 sucre, 英語 sugar, ドイツ語 Zucker, ロシア語 sáxar など、語頭音に［ts］と［s］の相違がある。

17. 榊亮三郎『解説梵語学』1950³（38％）

　　　　　　　　　　　　　　　奥付に明治40年（1907）2月
　　　　　　　　　　　　　28日初版、昭和25年2月15日第
三版発行（定価500円）、発行所種智院大学出版部とある。1954年、神田・香
取書店400円で購入した。文法と練習問題58課（梵文和訳と解答, 266頁）、語
彙（124頁）からなる。著者（1872-1946）は京都帝国大学教授。1907-1910英
独仏に留学、パリではChavanne, Pelliot, Meilletなどに学ぶ。序文によると、
明治36年（1903）旧稿を改め、付巻（語彙pp.1-124）を付して1巻とした。こ
の語彙は語形変化、語源も付してあり、これだけであと100年はもつと思われ
る。類書Stenzler, Bühler, Gondaのどれよりも使いやすい。新修改訂12刷
（2003年）を2020年に3,670円で入手したが、新修者工藤成樹氏（種智院大学
助教授）の改訂には、よしあしがある（good and bad）。

18. Eca Cherkesi『グルジア語・英語辞典』1950 (37%)

GEORGIAN-ENGLISH
DICTIONARY

古典文学を読むのに適している。

Compiled by
E. CHERKESI

PRINTED FOR THE TRUSTEES
OF THE
MARJORY WARDROP FUND
UNIVERSITY OF OXFORD
1950

Eca Cherkesi : Georgian-English Dictionary. Printed for the Trustees of the Marjory Wardrop Fund, University of Oxford. 1950. 275pp. 語数は多くないが、古典文学を読むには適している。編者Cherkesiはチェルケス人の意味か。motxrobiti（能格）はnarrative caseと訳されている（Meckeleinでは Aktivus）。Richard Meckelein : Georgisch-Deutsches Wörterbuch（Berlin und Leipzig, 1928, グルジア国民に本書を捧ぐとある）のほうが語数が多く、巻末の固有名詞も便利だが、私自身はCherkesiのほうに、より愛着を感じ、書き込みも多い。LondonのProf. David Marshall Langから1967年に送っていただいた（30シリング）。Prof.LangはThe Georgians（London, Thames and Hudson, 1966, 244頁）の図版多数の楽しい入門書がある。本格的な辞書はTschenkéli（p.195）である。

19. A.Marouzeau『言語学用語辞典』(1951) 34%

　Jules Marouzeau：Lexique de la terminologie linguistique. Paris, Geuthner, 1951³. 267pp. Marouzeau（1878-1962）はソルボンヌ大学名誉教授、パリ高等学院院長。ラテン語学者であるが、言語学一般にも詳しい。見出しはフランス語の用語で、accent（Akzent, Betonung, accent, stress, accento）のように、ドイツ語、英語、イタリア語が添えられている。言語学入門書としてLa linguistique ou science du langage. Paris, Geuthner, 1950, 127pp. があり、素人にもわかりやすく言語学を説いている。あなたは言語学者ですか、何か国語を話せますか、などと質問する人は言語学者とポリグロットを混同しているのだ。

20. 前島儀一郎『英独比較文法』1952（42%）

成城大学教授
前島儀一郎著
（発表39歳のときの作）
（1904 — 1985）

英 独 比 較 文 法

大 学 書 林
1952, 1987*

　　　　　　　　　　　　　　　『英独比較文法』は著者前島儀一
郎（1904-1985；成城大学名誉教授）
が39歳のときの作品である。前島先
生は京都大学英文科卒、東京大学大学院で市河三喜の薫陶を得、市河三喜・
高津春繁編『世界言語概説』（上巻、研究社、1952）の中でオランダ語、ス
ウェーデン語、デンマーク語、ノルウェー語を執筆。京都大学で新村猛氏
（名古屋大学仏文科教授）と同窓であった。『英独比較文法』は英語とドイツ
語にとどまらず、ゲルマン語全体を視野に音韻論、語形論、文章法、意味論、
文体論を論じたもので、この分野で、これ以上の書物は、日本では、まだ出
ていない。私が高校2年のときに本書に接し、高津先生の『比較言語学』とと
もに、将来をスタートした記念すべき本となった。第2版（1987）のときに大
学書林からの依頼で、巻末に「主要参考文献」を追記した。

21. 高津春繁『比較言語学』1953（70％）

比較言語學

高津春繁著

岩波全書 122

1953

　高校2年のとき本書に接して、これぞわが道と悟った。その後、市河三喜・高津春繁編『世界言語概説』（上巻、研究社, 1952）の中の「総論」「ギリシア語」「ラテン語」を知り、『印欧語比較文法』（岩波全書、1954）に接した。しかしこの分野では、主として H.Krahe, Indogermanische Sprachwissenschaft（Sammlung Göschen, Berlin, 3.Aufl. 1957-58, 2Bde.）で勉強した。旺文社洋書部に勤務していたとき（1954）、東大言語学科の助手をしておられた風間喜代三氏から高津先生の教科書にと 10 冊注文があった。当時は1巻本（音論と形態論）2.Aufl. 1948（134pp. 240円）で、敗戦後のドイツは紙不足で粗末な紙質だった。

22. Mayrhofer『サンスクリット語文法』1953（54％）

Manfred Mayrhofer：Sanskrit-Grammatik. Sammlung Göschen Band 1158, Berlin, Walter de Gruyter, 1953. de Gruyter はデ・グロイターと読み、der Brauer（醸造人）の意味である。日本の岩波書店のような大手出版社である。このサンスクリット語文法は著者が27歳（グラーツ大学講師）のときの作品だが、実によくできている。わずか89頁の中に序論（サンスクリット語の位置、古典サンスクリット文学）、文法、テキスト、辞書、文献、索引を含む。この辞書（pp.74-81）はわずか242語だけだが、これがとても便利。インド起源のドイツ語（Brille, Mandarin, Pagode, Punsch, Rupie, Smaragd）など興味深い18行の知識もある。DM2.40（240円）。第2版（1965）のとき著者はSaarland大学教授になっていた。この版は110頁に増えたが、辞書も索引もない。第2版の英訳A Sanskrit Grammar. Translated by Gordon B. Ford, Jr. Univ. of Alabama Press, 1972, 115pp. がある。著者（1926-2011）はウィーン大学教授。第一級の印欧言語学者であった。1957年Gruyterより（DM2.40）。下宮訳『サンスクリット語文法』文芸社2020（107頁）。

23. Ejnar Munksgaard Catalogue（1954）33％

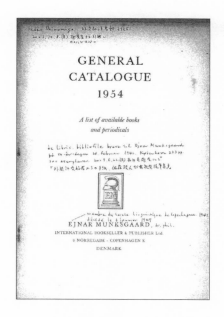

　このカタログは268頁からなり、言語学、文学のほか、あらゆる分野を含み、書名を見るだけでも楽しい。Acta Jutlandicaなどもある。Ejnar Munksgaard, Dr.phil.（名前は修道士のmunks庭gaardの意味, 1890-1947）はコペンハーゲン言語学団会員、生誕50歳にde libris. bibliophile breve til Ejnar Munksgaard på 50-årsdagen 28. februar 1940（København, 233pp. 300部）を贈られた。2009年、この本を森田貞雄先生宅で発見し、発起人半田一郎・森田貞雄・下宮忠雄として大学書林社長・佐藤政人さんの75歳祝賀文集（大学書林執筆者29名、63頁、100部、近代文藝社, 2010）を作成した。

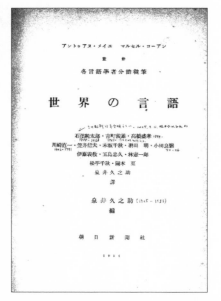

Les langues du monde, par un groupe de linguistes sous la direction de A.Meillet et Marcel Cohen. Paris, Librairie ancienne Édouard Champion. 1924. xvi, 811pp.の全訳および泉井久之助の補遺（ブルシャスキー語、ラティ語、アンダマン語）、用語対訳表（泉井）、索引（関本至）、再補（1954泉井）を加えたものである。朝日出版社（大阪）1954. xxxii, 1237頁。日本語訳者は泉井のほかに石浜純太郎、吉町義雄、高橋盛孝、川崎直一、笠井信夫、木坂千秋、羽田明、小田良弼、伊藤義教、五島忠久、林憲一郎、松平千秋、関本至。泉井先生（1905-1983, 本書 p.64-74）の力量の超絶は、すべての語族・語派についての概略と文献補遺（原著初版1924から日本語訳1954までの）を行っていることである。

25. Brandenstein『ギリシア言語学』第1巻 (1954) 54%

Wilhelm Brandenstein：Griechische Sprachwissenschaft, I. Einleitung, Lautsystem, Etymologie. Sammlung Göschen, Berlin 1954. 160pp. 第1巻は序論、音論、語源を扱い、第2巻（Wortbildung und Formenlehre, 1959）、第3巻（Syntax I, 1966, IIは中断）に比して、非常に斬新である（プラーグ学派の音韻論が採り入れられている）。実際、Phoneminventarなどは新しい用語だし、著者（1898-1967, Graz大学比較言語学教授）にはEinführung in die Phonetik und Phonologie（Wien, Gerold & Co. 1950, WiesbadenのOtto Harrassowitzより1970年DM6,30で入手）の著書がある。Etymologieの章は印欧諸語の音韻比較と歴史、Kombinatorischer Lautwandel, Akzent, Fakultative Lautveränderungen, Bedeutungswandelを論じ、最後に実例が示される。Brandensteinが Wien助教授時代、雑誌 Indogermanische Forschungen（61, 1952）の中に mein wissenschaftlicher Assistent Dr. Manfred Mayrhofer が古代インド語語源辞典を準備中なので、資料を送ってほしいという案内があった。1956年、紀伊國屋書店洋書部240円。

26. Martin Lehnert『古代英語入門』1955 (54%)

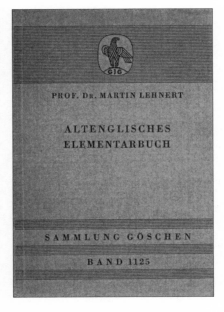

Martin Lehnert：Altenglisches Elementarbuch. 3.verbesserte Aufl. Sammlung Göschen. Berlin 1955 （初版1939）。1990年には10版にいたるほどの成功作である。当時著者（1910-1992）はベルリンのHumboldt大学教授。本書は市河三喜の『古代中世英語初歩』（研究社、1935）とともにお世話になった。Lehnertの本書はゲルマン語比較文法への教師でもあった。音論と形態論のみだが、徹底的にゲルマン語比較文法の観点から書かれており、その語彙がすごい。Etymologisches Wörterbuch（同じ著者のGöschen叢書Beowulf, 1949）とある。これだ、これでなければならない！それ以後、私のバスク語入門、ノルウェー語四週間、デンマーク語入門、エッダとサガの言語への招待、オランダ語入門にこの方式を実践した。統辞論と語彙論はない。テキストは市河三喜のほうがずっとよい。1957年GruyterよりDM2,40.

27. Collier's Encyclopedia（1956）26%

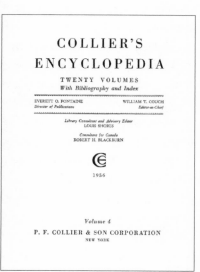

Collier's Encyclopedia in twenty volumes, P.F.Collier & Son Corporation, New York, 1956は最初の3巻が欠けていて17巻（8,500円）が神田の古本屋に山積みされていたのを発見して購入した。当時下宿していた新宿区天神町の下宿まで自転車で3回に分けて運んだ。これは宝くじに当たったようなものだった。言語学担当がProf. Giuliano Bonfante（1904-2005）で、当時Princeton大学ロマンス語科教授だった。Bonfanteはロマンス語のみならず、ラテン語、ギリシア語、スラヴ語、サンスクリット語、その他のインド語にも詳しく、アイヌ語まで執筆している。一般言語学や文字（アルファベットのそれぞれの文字）にも詳しく、どの項目からも得るところが多かった。天神町→町田→弘前大学→学習院大学→所沢市上新井の自宅まで、何度も引越し、今も現役である。この百科事典の第2版（1960）のlinguistics editorはAndré Martinetとなり、初版の魅力を失った。知名度はMartinet（1908-1999）のほうが高いが。Martinetの Éléments de linguistique générale（Paris, 1960）は繰り返し読んだ。

28. トゥルベツコイ『音韻論の原理』1958 (30%)

N.S.Trubetzkoy：Grundzüge der Phonologie. Göttingen, Vandenhoeck & Ruprecht, 2.Aufl.1958.初版 Travaux du Cercle Linguistique de Prague, 7. Praha, 1939, 272pp. 長嶋善郎訳『音韻論の原理』岩波書店、1980, xi, 377pp.

　プラーグ学派の音韻論は機能的音声学（Martinet：phonétique functionnelle）である。機能的とは distinctive（示差的，弁別的）のことである。英語 right：light, rice：lice, rate：late に おいて r と l は意味を区別するのに役だっている。日本語にはこの機能はない。'ame「雨」と a'me「飴」は高低アクセ

ントにより区別される。お菓子（低・高・低）、岡氏（高・低・低）、お貸し（低・高・高）も同様である。Trubetzkoy（1890-1938）はモスクワの貴族の出身であったが、1917年の革命ですべてを失った。1922年、ウィーン大学スラヴ語教授になったが、病床についたあと、本書の最後を妻（Vera Trubetzkaja）に口述筆記させた。あと20頁で完成という段階で没した。本書は200言語の音韻体系をもとに音韻論の原理を構築せんとしたものである。R.Jakobson の伝える Autobiographische Notizen von N.S. Trubetzkoy（pp.273-288）は感動的である。TCLP（＝ Travaux du Cercle Linguistique de Prague）第6巻は第4回国際言語学者会議（Copenhagen 1936）に捧げられた巻で、この学派の活動を知ることができる。栗原成郎「トゥルベツコイ『音韻論の原理』」言語学名著再読、『言語』2006年3月。

29. チュヘンケリ『グルジア語入門』1958 (35%)

Kita Tschenkéli：Einführung in die georgische Sprache. Bd.I. Theoretischer Teil. xlii, 628pp. Bd.II. Praktischer Teil. x, 614pp. Zürich, Amirani Verlag, 1958. 1966年冬学期から1967年春学期まで私はBonn大学でProf.K.H.Schmidt先 生 (1929-2013) からグルジア語入門の授業を受けた。

そのときの教科書である。2巻で63マルク (6,000円) だった。受講者は新約聖書専攻の学生、トルコ語専門の学生、と私であった。先生は当時Münster大学教授で、隔週 (vierzehntäglich) にMünsterからBonnまで通勤していた。著者チュヘンケリ (1895-1963) は1936年Hamburgで政治学博士 (Grundzüge der Agrarentwicklung in Georgien)、1961年著書『グルジア語入門』でDr.phil. h.c.Zürichを得た。Tschenkéliには最後の著作となったGeorgisch-Deutsches Wörterbuch. Zürich, 1960-1974 (seit 1964 bearbeitet von Yolanda Marchev, mit Hilfe von Lea Flury) がある。児島康宏『ニューエクスプレス・グルジア語』(白水社、2011) が便利。

30. ヤン・デ・フリース『古代ノルド語語源辞典』1960 (31%)

Jan de Vries：Altnordisches etymologisches Wörterbuch. 2.Aufl. Leiden, E.J.Brill, 1962. 古代ノルド語とは、ここでは Altwestnordisch (= Altisländisch と Altnorwegisch, 主要部分はエッダとサガ) を指す。固有名詞も含まれているので、非常に便利。序論でノルド語から英語に借用された単語、ノルド語からフィンランド語に借用された単語などが列挙されている。著者 (1890-1964) は Leiden 大学教授。Paul の Grundriss der germanischen Philologie の中に Bd.12 Altgermanische Religionsgeschichte (1941), Bd. 15-16 Altnordische Literaturgeschichte (1941-42) の著書があり、『オランダ語語源辞典』もある。その縮小版 Etymologisch woordenboek (aula-boeken, Utrecht-Antwerpen, 1966) も便利。

31. 前島儀一郎 『英仏比較文法』 1961 (42%)

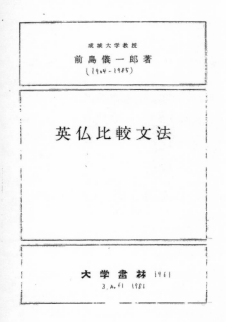

成城大学教授
前島儀一郎著
(1904-1985)

英仏比較文法

大学書林 1961
3.A.f1 1986

　　　　　　　　　　　　　　　　　　『英仏比較文法』はロマンス語
比較文法への序論ともなっている。
序説、ラテン語とゲルマン語の比
較、ラテン語よりロマン語へ、ロマン語的発展、印欧語、ゲルマン語より英語
へ、そして、本論は、前書『英独比較文法』と同様、文章法、意味論、文体論
も扱っている。新村猛氏からの依頼で、名古屋大学でフランス語学を教授する
（成城大学と兼任教授）機会を得てからは古代フランス語も教え、「最近は、古
代フランス語を、古代英語と同じくらいに楽に読めるようになりました」とお手
紙をいただいた。当時、私自身は弘前大学にいて、授業とは関係なく、Marie de
Franceのイソップ物語（Max NiemeyerのRomanische Texte）読んでいたのだ
が、Glossarつきでもむずかしかった。先生には没後出版の『英独仏・古典語比
較文法』大学書林1989がある。

32. Johann Knobloch『言語学辞典』第1分冊（1961）25%

Sprachwissenschaftliches Wörterbuch Bd.1.1986, 895頁（=Lfg.1, 1961-Lfg.11, 1986）, Bd.2.Lfg.1（1988）, Lfg.2（1991）, Lfg.3（1998）で中断している。書名には in Verbindung mit…となっており、自分の師であるWilhelm Havers（Wien）を 初め多くの学者に原稿を送り、加筆・補充などをして貰った。その後、言語学辞 典は多く出ているが、本書の特徴は術語の出典が詳細で、ギリシア・ローマにさ かのぼり、類書に例を見ない。例にErgativ（能格, p.817）を見ると、[Finck, Haupttypen 134], georg.motxrobiti（zu motxroba 'Erzählung' gebildet）→ Nar-rativus [Erckert, Spr.d.kaukas. Stammes] となっている。編者Johann Knobloch （1919-2010）はチェコのZnaimに生まれ、Wien大学で印欧言語学、コーカサス諸 語、古代オリエント文献学、スラヴ語、ジプシー語を学び、1963-1984ボン大学比 較言語学教授（1967以後L.Weisgerberの講座を引き継ぎ一般言語学も）であっ た。

33. K.H.Schmidt『南コーカサス祖語研究』1962 (31%)

STUDIEN ZUR REKONSTRUKTION
DES LAUTSTANDES
DER SÜDKAUKASISCHEN
GRUNDSPRACHE

VON

KARL HORST SCHMIDT

DEUTSCHE MORGENLÄNDISCHE GESELLSCHAFT

KOMMISSIONSVERLAG FRANZ STEINER GMBH
WIESBADEN 1962

Karl Horst Schmidt：Studien zur Rekonstruktion des Lautstandes der südkaukasischen Grundsprache (Abhandlungen für die Kunde des Morgenlandes, xxxiv, 3) Wiesbaden 1962. xiv, 160pp. 著者のHabilitationsschrift (教授資格論文) である。その師Gerhard Deeters (1892-1961) に捧げられている。本書は第1部 Systematik (pp.1-91)、第2部Index (92-160) からなり、第1部ではコーカサス諸語概説, Sprachmischung言語混合,南コーカサス諸語の親族関係、アクセント、母音、子音、Dissimilation, Metatheseなどが扱われ、第2部は約500の単語の語源、音韻対応が詳細に記され、Etymologisches Wörterbuchになっている。K.H.Schmidtの博士論文はDie Komposition in gallischen Personennamen (1962) で、教授資格論文とはまったく異なる分野であった。泉井先生みたいである。ガリア人名はDēvo-gnāta (神から生まれた) のように印欧諸語と同様、複合語が多い。私は1966-67年ボン大学でグルジア語の授業を受ける幸運をもった。先生はMünster大学を経て、1967年Weisgerberの後任としてBonn大学教授になった。1929年東ドイツDessauに生まれ2013年Bonnで没した。

34. Deeters & Solta『コーカサス諸語・アルメニア語』1963（32%）

ARMENISCH
UND
KAUKASISCHE SPRACHEN

MIT BEITRÄGEN VON

G. DEETERS † . G. R. SOLTA . VAHAN INGLISIAN
(1892 - 1961)

KYM. "ZELS" p. 169

LEIDEN/KÖLN
E. J. BRILL
1963

Armenisch und kaukasische Sprachen. Handbuch der Orientalistik, Leiden/Köln, E.J.Brill, 1963. vii, 272pp. 東洋学叢書の1冊である。コーカサス諸語の筆者 Gerhard Deeters（1892-1961）は Das Khartwelische Verbum（Leipzig 1930）で学界に登場。バスク語の動詞と同様、複雑を極めるグルジア語の動詞を解明したものである。Bonn大学教授として K.H. Schmidt などを育てた。アルメニア語の著者 Georg Renatus Solta（1915-2005）はウィーン大学教授で、バルカン半島の言語が専門。教授資格論文は「印欧諸語の中のアルメニア語の位置」。この巻の内容はコーカサス諸語 p.1-79, アルメニア語 80-128, グルジア文学（Deeters）129-155, アルメニア文学（Vahan Inglisian）156-250, 索引 253-272.

35. Thomas A.Sebeok 『言語学者辞典』（1966）34％

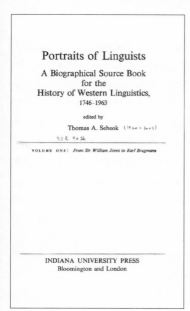

Portraits of Linguists

A Biographical Source Book
for the
History of Western Linguistics,
1746–1963

edited by

Thomas A. Sebeok （1924 – 2001）

り3そ 中0頃

VOLUME ONE: *From Sir William Jones to Karl Brugmann*

INDIANA UNIVERSITY PRESS
Bloomington and London

Portraits of Linguists. A Biographical Source Book for the History of Western Linguistics, 1746-1963, edited by Thomas A. Sebeok （1920-2001）Indiana University Press, Bloomington and London, second printing 1967.　扉 にin memoriam Bernard Bloch, Louis Hjelmslev, Alf Sommerfelt　と　あ　る。Introduction（T.Sebeok）, Vol.1（p.1-580）は33名Sir William Jones, S.Gyarmathi, Humboldt, J.Grimm, Rask, Bopp, Pott, Böhtlingk, Reguly, Curtius, Schleicher, Max Müller, Whitney, Bréal, A.Fick, Leskien, Scherer, Delbrück, Thomsen, Schuchardt, Sweet, J.Baudouin, Verner, Paul, Osthoff, Stumpf, Brugmann, vol.2（p.1-585）は40名が取り上げられている：Sievers, Wackernagel, Noreen, Gilliéron, Collitz, Zubatý, Saussure, Meinhof, Boas, Passy, Jespersen, Meyer-Lübke, Streitberg, Bally, Meillet, Grammont, Uhlenbeck, Buck, Finck, Pedersen, W.Schmidt, Sechehaye, Vossler, Sandfeld, Bàrtoli, K.Nitsch, Sturtevant, Vendryes, Belić, Kroeber, Zoltán Gombocz, Ginneken, Jaberg, Wijk, M.L.Wagner, Mathesius, Sapir, Karcevski, Edgerton, Brøndal, Bloomfield, Spitzer, Trubetzkoy, Firth, Laziczius, Whorf. すべて最良の伝記から採られている。

36. Bernard Pottier 『言語学概論』 1967 (35%)

Bernard Pottier：Présentation de la linguistique. Fondement d'une théorie. Paris, Éditions Klincksieck, 1967.(Tradition de l'humanisme, V) わずか78頁の小冊子だが、言語学の全分野を網羅し、百科辞典のようである。G.Guillaume, L.Hjelmslev, L.Tesnière の言語観をもとに独自の理論を開発し、種々の言語現象を図式で示している。時間体験（chrono-expérience）は意味論の新造語であるが、「過去→現在→未来」の例を挙げる。生まれる→生きる→死ぬ；起きる→働く→寝る；昨日東京から来た→いまヘルシンキにいる→明日コペンハーゲンに出発する；come→stay→go；a week ago→today→in a week；whence→where→whither；prendre→avoir→donner；avant→pendant→après；un crayon→ce crayon→le crayon；aimer［不定詞、愛する、愛すべく］→aimant［現在分詞、愛しながら］→aimé［過去→現在→回顧）、言語外の事象で言うと、人生の目標→努力中→目標達成（報酬、満足感）となる。本書の目次は les moyens d'expression 12, la structuration syntaxique 15, la structuration sémantique 23, le mécanisme onomasiologique 63, le mécanisme sémiologique 65, les caractéristiques du signe 68, bibliographie 73. 著者（1924-）はパリ・ソルボンヌ大学教授、主専門は意味論とロマンス諸語である。

37. Paul『ドイツ語辞典』1976（33％）

HERMANN PAUL

DEUTSCHES
WÖRTERBUCH

Bearbeitet von Werner Betz

8., unveränderte Auflage

MAX NIEMEYER VERLAG TÜBINGEN

　Hermann Paul : Deutsches Wörterbuch. 8., unveränderte Auflage von Werner Betz, Max Niemeyer Verlag, Tübingen, 1981. x, 841pp. 初版1897. ふだんは佐藤通次の『独和言林』（白水社1948, 初版1936）を利用しているので、独々辞典を利用することは、あまりない。ドイツ語の教師として、遅ればせながら、パウルのこの辞典を1987年、青山学院大学に比較言語学の非常勤で通勤していたとき、渋谷の正進堂で見つけたので購入した（4,000円）。グリムの辞典が多数の学者によって書かれたものと異なり、一人で書かれたという統一の美がある。読む楽しさがある。Weltliteratur（世界文学）の項を見ると、この語はゲーテが初出で、その日記（1827.1.15.）に、いま、世界文学の時代がやってきた、とある。

38. 下宮忠雄『言語学Ⅰ』研究社1998（32%）

　英語学文献解題第1巻（研究社、寺澤芳雄監修、全8巻）『言語学Ⅰ』は言語学史的文献解題（p.1-79）と文献目録p.83-263, 事項索引（Sachregister）p.264-272からなる。最初、全10分野を1巻にまとめる予定とのことで、1985年2月に編集会議に招待された。言語学史的文献解題の部分（割当：400字200枚）は1986年9月に完成した。文献目録（当初約500項目）は、次の指示があってからでも間に合うと思って、長い間、手をつけずにいた。しかし、本シリーズの全分野の原稿が完成するのに時間がかかるため、分冊刊行するとのことで、1995年3月に文献目録の作成を急ぐよう指示を受けた。こうして1033点の文献目録を1997年7月に完成した。言語学史的文献解題（50項目）は1816

年 Franz Bopp から 1960年 André Martinet を経て 1995年 Werner Winter にいたるまでの Bopp, Rask, Humboldt, Schleicher, Thomsen, Saussure, Paul, Brugmann & Delbrück, Gilliéron, Finck, Saussure, Sapir, Meillet, Schuchardt, Jespersen, Pedersen, Meillet-Cohen, W.Schmidt, Bally, Bloomfield, Bühler, Trubetzkoy, Lewy, Hjelmslev, Buck, Robins, Coseriu, Tesnière, Martinet, Kuryłowicz, Jakobson, Benveniste, Szemerényi, Rohlfs, Palmer, Milewski, Décsy, Lehmann, Pottier, Bynon, 言語学大系（1982-）, Gamkrelidze & Ivanov, Watkins, 言語学百科事典（1994）, 亀井・河野・千野（編, 1988-93, 1996）, ヨーロッパ言語学の現状（W.Winter）を描いたものだが、これは楽しい作業であった。巻首に Félix Gallet の死語および現存語の系統樹（1800年ごろ）と Charcot の連合中枢（Associations-Centrum）の図版を入れた。自分の専門をゲルマン語学とか比較言語学とか称しているが、この本は言語学におけるほとんど唯一の貢献である。扉 に Giichiro Maejima（1904-1985）, Harushige Kodzu（1908-1973）, Hisanosuke Izui（1905-1983）in memoriam と書いて、長年の学恩に感謝することができた。

39. 『アメリカンヘリテージ英語辞典』2002（27%）

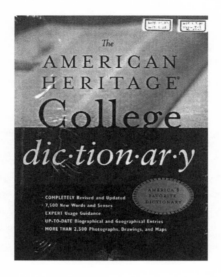

　The American Heritage College Dictionary, fourth edition（2002）. Houghton Mifflin Co. Boston, New York. xxviii, 1631pp. 巻末のIndo-European and Indo-Europeans（印欧祖語と印欧語民族）p.1598-1603, とIndo-European roots（318語）はHarvard大学教授Calvert Watkins（1933-2013）の執筆になるもので、印欧祖語から現代にいたる5000年の歴史がヨーロッパ人の生活とともに描かれている。男（*wīro-, virtue）も女（*gwen-, queen）も牛（*gwou-, cow）や馬（*ekwo-, equestrian）を飼い、田畑（*agro-, acre）を耕し、穀物（*grəno-, corn）を食べ（*ed-, eat）、水（*wed-, water）を飲み（*pō, potable）、家（*dem-, timber）に住み、暮らしてきたのである（*gwei-, vital）。これらの語根と現代英語との関連が述べられる。

40. 『ラルース・フランス語辞典』2005（32％）

Le Petit Larousse Illustré, en couleurs, 87,000 articles, 5,000 illustrations, 321 cartes, Larousse, 2005, 1133頁（普通名詞）、33-48ギリシア・ローマ引用句, 1135-1826頁（固有名詞）、82-128頁（世界史）、各種地図1843-1850頁、となっている。とにかく、楽しい辞書である。辞書というより、百科事典である。広辞苑や英語のC.O.D.やパウルのドイツ語辞典と同様、どの家庭にも1冊、という国民的な辞書である。ラルースの愛される理由は、美しい紙と美しい多数のカラー図版である。花、動植物、パン、食品、鉄道、地図、そのどれも美しく、見るだけでも楽しい。簡単だが、語源もある。日本語借用語はbonsai, geisha, haiku, ikebana, kabuki, kaki（柿）, mousmé（娘）, koto, sumo, sushiなど72語が載っている。日本の人名や地名も充実している。2005年4月、新宿の朝日カルチャーセンターでゴート語入門の授業をしていたときに、事務室の隣にある図書室でこの辞書を見つけ、10,000円ぐらいなら買いたいと思って紀伊國屋書店洋書部に行くと、6,300円だったので、即刻、購入した。それ以来いろいろ書き込みをしている。広辞苑やCollierの百科事典と同様、必須の本になっている。

索引（私の書棚より40冊の著者）

著者プロフィール

下宮 忠雄 （しもみや ただお）

1935年、東京生まれ。
早稲田大学、東京教育大学大学院、ボン大学、サラマンカ大学で英語学、ゲルマン語学、印欧言語学、グルジア語、バスク語を学ぶ。2005年、学習院大学名誉教授。2010年、文学博士。

専門：ゲルマン語学、比較言語学。

主著：Zur Typologie des Georgischen（グルジア語の類型論）；バスク語入門；ノルウェー語四週間；ドイツ・ゲルマン文献学小事典；言語学Ⅰ（英語学文献解題第1巻）；ヨーロッパ諸語の類型論（Toward a typology of European languages, 博士論文, 2001）；グリム童話・伝説・神話・文法小辞典；Alliteration in the Poetic Edda（Peter Lang）；デンマーク語入門；エッダとサガの言語への案内；オランダ語入門；アンデルセン小辞典；グリム小辞典；私の読書（言語学メモ帳）。

翻訳：言語と先史時代（ハンス・クラーエ著）；按針と家康（将軍に仕えたあるイギリス人の生涯、クラウス・モンク・プロム著、デンマーク語より）；サンスクリット語文法（M.Mayrhofer著, Göschen文庫, Berlin 1953）。

言語と民話（私の読書）

2021年7月15日　初版第1刷発行

著　者　　下宮　忠雄
発行者　　瓜谷　綱延
発行所　　株式会社文芸社
　　　　　〒160-0022　東京都新宿区新宿1－10－1
　　　　　　　　　電話　03-5369-3060（代表）
　　　　　　　　　　　　03-5369-2299（販売）

印刷所　　図書印刷株式会社
ISBN978-4-286-22408-4　　　　　　　　JASRAC 出 2103714－101